그린플루언서

그린플루언서

타니아 로이드 치 지음 ◆ 이계순 옮김

라임

차례

📁 우리 학교에 인플루언서가 온다고? · 7

📁 아주 예의 바른 '남' · 17

📁 나도 인플루언서가 되고 싶어 · 36

📁 헉, 기후 행진 콘텐츠를 취소하라고? · 51

📁 황당한 비데 사건 · 74

📁 세상에서 가장 은밀한 작전 · 90

📁 죄책감의 냄새 · 107

📁 특별 영상 업로드! · 125

📁 최악의 비건 · 143

📁 아멜리의 비밀 고백 · 169

📁 호텔 잠입 작전 · 196

📁 드디어 기후 행진! · 218

📁 아자! 비건 파티 · 224

우리 학교에 인플루언서가 온다고?

나는 내 말을 귀 기울여 들어 주는 사람이 좋다.

도서관 책상 맨 앞자리에 앉아 한쪽 머리를 귀 뒤로 쓸어 넘겼다. 링 귀걸이가 잘 보일 수 있도록. (링 귀걸이는 내가 요즘 유행하길 바라며 신경 써서 밀고 있는 아이템이다.)

그런 다음 팀원들을 향해 따뜻한 미소를 보냈다. 팀원들도 나를 보며 미소 지었다. 뭐, 정확히는 다니엘라가. 레자는 맞은편에 앉아 휴대폰만 들여다보고 있었다.

잠시 후, 시몬이 주름치마를 펄럭이며 뛰어 들어왔다. 역시나, 귀에 링 귀걸이를 하고 있었다!

"자, 이제 회의를 시작해 볼까?"

시몬은 레자 옆에 미끄러지듯 앉으며 이렇게 말했다.

시몬은 내 베프인데 패션 감각이 매우 뛰어났다. 어쨌거나 채드윅 선생님이 시몬이 아니라 나에게 유튜브 프로듀서를 맡게 한 건 정말이지 올바른 선택이었다.

"오늘은 논의할 게 많아. 단톡방에 10월 영상 계획을 올려 두었으니까 그것부터 확인해 줘."

내 말에 팀원들이 서둘러 휴대폰을 꺼냈다. 우리는 학교 유튜브 채널 '시더뷰 톡톡'에 올릴 두 번째 영상을 준비하고 있었다. 드디어 올해 우리 시더뷰 중학교에 지루한 학교 신문 대신 유튜브 채널이 생겼다. 아직까지는 '보이는 라디오' 수준이지만, 머지않아 다채로운 영상으로 도배될 날이 오지 않을까?

선생님은 우리를 '베타 테스트 팀'이라고 했다. '시범용'이란 뜻이다. 나는 '시더뷰 톡톡'의 프로듀서로서 일정을 짜고, 주제를 정하고……, 그러니까 유튜브와 관련된 모든 걸 담당했다.

시몬은 진행자를 맡았고, 다니엘라는 비디오 엔지니어였다. 레자는 유일한 남자애였는데, 오로지 스포츠 분야에만 관심이 있어서 별반 도움이 되지 않았다.

"이번 영상은 삼 주 안에 업로드해야 해. 주제 정하고 조사하는 데 일주일, 영상 찍는 데 일주일, 그리고 나머지 일주일 동안 후반 작업을 끝내면 충분히 가능할 거야."

영상 촬영과 후반 작업은 도서관 책장 뒤편의 아주 작은 스튜디오에서 이루어졌다. 팀원들이 일정을 막 확인하고 있을 때, 도서관 책장 뒤편에서 채드윅 선생님의 머리가 쑥 올라왔다.

"얘들아, 새로 산 마이크 봤니?"

선생님이 감격에 찬 목소리로 말했다. 아, 참! 선생님은 도서관 사서이기도 했다. 머리카락이 거의 없었는데, 지금처럼 두 눈을 반짝일 때면 그 민숭민숭한 머리가 유독 더 눈에 잘 띄었다.

"좋은 걸로 사셨던데요?"

시몬이 말했다.

"맞아, 전문가급 콘덴서 마이크야. 무려 라디오 방송국에서 쓰는 것과 똑같은 제품이라고. 내가 조사를 좀 했지. 큼큼."

선생님 머리 위에서 'CA에너지는 시더뷰 중학교의 모든 활동을 지원합니다!'라고 적힌 현수막이 히터 바람에 살랑거렸다. 선생님은 대기업인 CA에너지가 이렇게 작은 지역에 있는 학교에까지 관심을 가져 주어서 참 다행이라고 했다.

CA에너지는 '시더뷰 톡톡'의 가장 큰 후원 업체였다. 솔직히 말하면, 유일한 후원 업체이기도 했다.

"내가 고등학교 다닐 때 이런 장비들만 있었어도 지금쯤 방송 기자가 되었을걸? 그러면 너희는 매일 밤 9시 뉴스에서 나를 봤겠지."

선생님이 허세 가득한 표정으로 말했다. 솔직히 그럴 가능성은 별로 없어 보였지만. 우리가 선생님을 가만히 바라보자 이내 시선이 내게로 옮겨졌다.

"에밀리, 별일 없지?"

"네."

"좋아, 그럼 나는 커피나 한잔 마셔야겠구나."

선생님은 이렇게 말하며 슬그머니 자리를 떴다.

"자, 이어서 회의를 하자."

내 말에 시몬이 입을 열었다.

"지난 9월에 올렸던 '하루 동안 교장 선생님 되어 보기' 콘텐츠가 반응이 정말 좋았어. 아무래도 다음 영상은 더 강렬하게 가야 하지 않을까?"

나는 몸을 앞으로 쭉 내밀며 말했다.

"1학년 비나가 그러는데, 학교 식당에서 쥐를 봤대!"

"으윽, 더러워."

시몬이 진저리를 쳤다. 그러자 레자가 양손을 비비며 말했다.

"우아, 정체불명의 추가 단백질이라니!"

○○ 시더뷰 중학교 식당의 미스터리한 고기 출현?

채드윅 선생님은 학교 유튜브 채널 홍보는 학교 내에서만 할 수 있다고 했다. 만약 다른 곳에서도 홍보할 수 있다면, 나는 이런 식의 낚시용 문구를 써서 사람들의 관심을 끌었을 텐데.

지난여름에 엄마를 간신히 설득해 인스타그램 계정을 만들었다. 드디어 내 장래 희망인 인플루언서로서의 삶을 준비할 수 있게 된 거다. 대신에 엄마는 조건을 하나 내걸었다. 그건 바로 셀카를 찍어서 올리지는 말라는 것!

이건 정말 말도 안 되는 얘기였다. 그래서인지 지금 내 인스타그램 계정 팔로워가 삼십 명밖에 되지 않았다. 그중에서도 셋은 로봇이었다.

"으윽, 그래. 그 얘기는 내가 좀 더 자세히 알아보도록 할게."

시몬이 다시 한번 진저리를 치며 말했다.

"음, 또 다른 아이디어가 없을까?"

내 말에 레자가 대답했다.

"이달 말에 시청 앞에서 기후 행진이 진행될 거라고 해."

어, 그런데 잠깐만! 방금 레자가 제법 쓸모 있는 제안을 한 거 맞지? 이 소식은 식당에 나타난 쥐 이야기 다음에 올리면 딱 좋을 것 같았다. 나는 일부러 놀라지 않은 척하며 담담하게 말했다.

"오, 그거 괜찮은 소식인데? 그건 내가 자세히 알아볼게."

"에밀리, 조언 코너 영상도 찍어야 돼."

시몬이 끼어들었다.

"하지만 지난달에 영상을 올린 이후로 우리한테 온 사연이 없잖아."

지난달에 학교 사물함에서 좋은 냄새가 나게 하는 방법을 알려 달라는 사연이 왔다. 우리는 사물함에 베이킹소다를 갖다 두라고 조언했다. 지금 생각해 보니, 그런 조언은 안 하느니만 못한 것 같았다.

내 말에 시몬이 대꾸했다.

"복도에서 아무나 붙잡고 학교생활에 별문제가 없는지 물어보는 건 어때? 분명 조언이 필요한 사람이 있을 거야."

"아니면 그냥 내가 질문하고 내가 답을 할 수도 있고."

나는 수첩에 앞으로 해야 할 일을 적으며 말했다.

다음 날 아침, 시몬과 나는 체육관 연단에 섰다. 나는 청록색 상의를, 시몬은 청록색과 잘 어울리는 보라색 상의를 입었다. 우리 둘 다 은색 링 귀걸이를 귀에 걸고서.

"안녕하세요, 여러분. 오늘 금요일 조회의 사회를 맡게 된 시몬 안과 에밀리 로렌스입니다. 자, 모두 자리에서 일어나 교가를 부르도록 하겠습니다."

우리는 한목소리로 말했다. 시몬과 나는 특별히 노력하지 않아도 언제나 호흡이 척척 잘 맞았다. 그다음에 학교 교훈인 '친절하게, 진실하게, 공정하게'를 외친 뒤, 2학년 3반이 교내 쓰레기를 주울 차례라고 알려 주었다. 그 후 교장 선생님의 훈화 말씀이 이어졌다.

시몬과 나는 무대 옆 의자에 앉았다. 그러자 트루비 선생님이 우리 쪽으로 몸을 살짝 기울였다. 트루비 선생님은 사회 과목을 가르치면서 조회와 관련된 업무를 맡고 있었다.

"잘했어, 얘들아. 앞으로는 돌아가면서 사회를 보지 말고 너희 둘이 쭉 맡는 게 어때?"

나는 선생님에게 내가 지을 수 있는 한 가장 멋진 미소를 보냈다. 드디어 내 실력을 인정해 주는 듯해서 기분이 좋았다.

교장 선생님이 목소리를 가다듬으며 마이크에 대고 말했다.

"흠흠, 아주 흥미로운 소식이 있습니다."

시몬이 곧바로 코웃음을 쳤다. 교장 선생님은 지금까지 단 한 번도 흥미로운 소식을 전한 적이 없었기 때문이다. 세계 책의 날을 맞이해 특별히 조용히 지내라거나, 중앙 복도에 새로운 게시판을 설치할 거라는 따위의 소식이 대부분이었다.

그런데 어느 순간, 훈화 말씀 중에서 '베스트셀러 작가'라는 단어가 들렸다. 나는 고개를 번쩍 들었다.

"……작가가 되기 전에는 배우로서 다양한 역할을 맡았습니다. 우리는 운이 좋게도 미래를 위한 친환경 캠페인의 하나로 코스트프레시에서 제공하는 기회를 얻게 되었죠."

오호, 우리 '시더뷰 톡톡'에 두 번째 후원 업체가 생기는 모양이군. 어떤 조건인지는 모르겠지만, 코스트프레시와 벌써 후원 계약을 맺은 눈치였다. 코스트프레시는 학교 식당을 위탁받아 운영하는 업체였다. 혹시라도 '시더뷰 톡톡'에 자금을 지원한다는 이야기를 할지도 몰라서 귀를 곤두세웠다. 적어도 우리 학교에 온다는 그 작가랑 영상 정도는 찍을 수 있겠지?

"교장 선생님이 지금 누구 이야기를 하는 거야?"

시몬이 속삭였다.

"나도 그 부분을 못 들었어."

내가 대꾸했다. 트루비 선생님이 우리를 보며 눈썹을 치켜 올렸다. 나는 다시 한번 미소를 지어 보였다. 1920년대의 에티켓

전문가이자 내 우상이기도 한 에밀리 포스트는 이런 말을 했다.

"유쾌하고 친근한 인상은 훌륭한 매너이자 최고의 비즈니스입니다."

교장 선생님이 연단 뒤에 있는 스크린을 내려 영상을 틀어 주었다. 코스트프레시 로고가 희미해지는가 싶더니, 검은 머리칼을 길게 늘어뜨린 여자가 나와 손을 흔들며 미소를 지었다. 나는 숨을 헉 들이마셨다.

"아샤 자밀이잖아!"

스크린 밑에서 날짜가 올라왔다.

"10월 28일에 우리 학교로 온대. 우아, 아샤 자밀을 실제로 볼 수 있다니!"

시몬이 소리 죽여 외쳤다. 트루비 선생님의 표정이 일그러진 것도 눈치채지 못한 채.

○○ 우리 학교에 깜짝 방문할 연예인는 과연 누구일까요?

이 소식을 당장 인스타그램에 올리고 싶어서 몸이 달았다. 점심시간까지 어떻게 기다리지?

아샤 자밀은 그냥 그런 스타가 아니었다. 〈궤도 밖에서〉라는 TV 프로그램에서 우주 비행사이자 환경 과학자 역을 맡아 연기했는데, 지금 내가 알고 있는 환경 지식은 전부 아샤한테서 배웠다고 해도 틀린 말이 아니었다.

그때 우주에서 바라본 지구의 모습이 너무나 멋지고 아름다워서 보호하고 싶은 마음이 저절로 들었다. 그 프로그램에서 아샤는 착륙선과 함께 대서양에 추락해 비극적인 죽음을 맞았다.

그 후로 아샤는 연기뿐만 아니라 책도 쓰기 시작했다. 그리고 그 책들은 전부 뉴욕 타임스 베스트셀러 목록에 올랐다.

교장 선생님이 틀어 준 영상을 보니, 아샤는 코스트프레시가 오십 년 뒤를 내다보며 진행하는 '미래를 위한 친환경 캠페인'의 홍보 대사였다. 그래서 전국에 있는 중학교를 차례로 돌며 이번에 출간하는 책을 홍보하고 있는 모양이었다.

"어서 빨리 여러분을 만나 보고 싶어요."

스크린 속 아샤가 손을 흔들었다. 곧이어 체육관에 박수 소리가 울려 퍼졌다.

"에밀리, 이 기회를 절대 놓치면 안 돼."

시몬이 내 팔을 움켜잡으며 말했다.

"당연하지."

나도 시몬의 팔을 꽉 잡았다. 내 머릿속에서는 이미 아샤와 악수를 하는 내 모습이 그려지고 있었다. 학교에 누군가 전학을 오면, 교장 선생님은 으레 나에게 학교 안내를 부탁하고는 했다. 그러니까 나는 이미 손님을 맞이할 준비가 완벽하게 되어 있는 셈이었다.

아샤와 나의 공통점이 무엇인지 하나하나 생각해 보았다. 우선 우리는 기후 변화로 동물들이 멸종 위기에 놓인 문제에 대해 진심으로 걱정하고 있었다. 그리고 소셜 미디어의 힘과 영향력을 누구보다 잘 알았다. 아샤는 인스타그램에서 스타 중의 스타니까.

"얘들아?"

교장 선생님이 시몬과 나를 보며 눈썹을 들어 올렸다. 우리는 얼른 연단으로 올라가 이번 달에 생일을 맞은 학생들의 이름을 한 명씩 부르기 시작했다. 그런데 자꾸만 말을 더듬거렸다. 머릿속에 아샤와 이야기를 나누는 내 모습이 둥둥 떠다녀서 집중이 안 되었다.

"집중해!"

나는 혼잣말로 중얼거렸다. 하지만 상상은 계속 이어졌다. 아샤는 테드(TED) 강연에서 세계적으로 사랑받는 인플루언서가 된 나를 이렇게 소개했다.

"나는 에밀리 로렌스를 중학생 때부터 알고 있었어요. 그때 이미 에밀리에게서 잠재력이 뚜렷하게 보였지요."

어떻게든 나는 아샤를 만나야 했다. 그건 내 운명이었다.

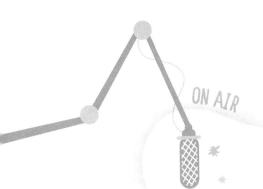

아주 예의 바른 '남'

학교를 마치고 집으로 돌아가 현관문을 열자, 새아빠가 제일 먼저 보였다. 새아빠는 거실 바닥에 앉아 있었고, 엄마는 상자 더미에 등을 기댄 채 새아빠 무릎에 발을 올리고 있었다.

"우리 딸, 왔니?"

엄마가 인사했다.

"에밀리, 오늘 어땠어?"

새아빠가 엄마 발을 조물조물 마사지하며 물었다. 아, 진짜 내가 이런 것까지 봐야 하나?

"좋았어요. 그런데 짐은 다 풀었어요?"

아무리 봐도 상자 더미는 오늘 아침과 달라진 게 없었다.

"짐은 거의 다 풀었어."

엄마가 내 마음을 읽은 듯이 대답했다.

이건 정말 엄마답지 않은 행동이었다. 엄마는 일을 미뤄 두는 걸 무진장 싫어했다. 그동안은 거실 바닥에 앉는 일도 절대 없었다. 게다가 이렇게 공개된 장소에서 누군가가 자신의 발을 주무르도록 내버려두는 사람이 결코 아니었다.

새아빠는 엄마 귀에 대고 무언가를 속삭이더니, 얼굴을 바짝 들이대어 키스를 했다, 그것도 아주 진하게. 대체 내 앞에서 왜 이러는 거지? 나는 민망한 마음을 감추기 위해 부엌으로 향했다.

사실 나는 엄마랑 아빠랑 셋이 살아 본 적이 거의 없었다. 아빠는 지금 우리와 정반대의 지역에서 살고 있었다. 예전에 집에 왔을 때 몇 번 보기는 했지만, 오래 떨어져 살아서 그런지 어딘가 모르게 남처럼 느껴졌다. 아주 예의 바른 남.

아무튼 엄마와 나는 아몬드 공원 건너편의 아파트에서 오랫동안 단둘이 살았다. 그러다 작년에 엄마가 새아빠를 만났다. 9월 말에 두 사람은 이 연립 주택을 빌려 이사했고, 내년 여름에는 결혼할 예정이라고 했다. 내 생각에는 이 일의 순서가 거꾸로 진행되어야 마땅한 것 같았지만, 아무도 내 의견을 묻지 않았다.

나는 새아빠가 그런대로 마음에 들기는 했다. 턱에 난 수염과 곱슬곱슬한 머리카락 때문인지, 새아빠는 회색 곰처럼 푸근하게 느껴졌다. 하지만 한집에 같이 살려면 감당해야 하는 것들이 있었다.

그중 하나가 지금 부엌에서 사과를 강아지처럼 핥고 있는 바로 저 녀석이었다. 오션! 여덟 살에 주근깨투성이인 오션은 한마디로 공포 그 자체였다.

나는 반쯤 남은 시리얼 상자와 엄마가 좋아하는 수탉 모양 도자기 사이에 가방을 내려놓았다. 수탉 모양 도자기는 쿠키 항아리였다. 뚜껑을 열 때마다 '꼬끼오 꼬꼬' 소리를 냈다. 내가 아홉 살 때 엄마 생일 선물로 준 거였다. 그러니까 그때는 지금과 같은 세련된 취향과 안목이 생기기 전이었다.

"너, 지금 뭐 하니?"

"키스 연습."

나는 소리를 바락 질렀다.

"엄마!"

그 순간, 거실에서 상자 넘어지는 소리와 함께 불분명한 욕설, 뒤이어 키득거리는 소리가 들렸다. 그리고 곧 엄마와 새아빠가 모습을 드러냈다.

"왜, 무슨 일이야?"

엄마가 숨을 몰아쉬며 부엌을 재빨리 살폈다.

"쟤한테 물어보세요, 뭐 하고 있었는지."

나는 오션을 가리키며 말했다.

"키스 연습하고 있었어요."

오션은 마치 자기가 수학 문제를 풀거나 공룡에 관해 알아보고 있었던 것처럼 너무나 태연하게 대답했다.

엄마는 웃지 않으려 애썼다. 새아빠는 아예 그런 애조차도 쓰지 않았다.

"나는 왜 저런 생각을 못 했을까? 연습을 했으면 더 잘할 수 있었을 텐데."

너무 어이가 없어서 무슨 말을 해야 할지 모를 지경이었다.

"에밀리, 미안."

새아빠가 전혀 미안하지 않은 표정으로 말했다.

나는 엄마 쪽으로 몸을 돌렸다. 엄마는 이 도시에서 가장 멋진 호텔의 이벤트 기획자였다. 가장 큰 행사로는 결혼식을 꼽을 수 있는데, 결혼식을 준비하려면 사회적 관습과 규칙을 모조리 꿰고 있어야 했다. 게다가 엄마는 올바른 예의를 매우 중요하게 여기는 사람이어서, 이러한 상황을 도저히 용납할 수 없는 성향이었다.

엄마가 입을 떼기 전에 오션이 사과를 한 입 덥석 베어 물었다. 그걸 보고 새아빠와 엄마가 동시에 웃음을 터뜨렸다.

몇 년 후, 이 이야기는 내 인스타그램 피드에서 가장 인기 있는 게시물이 되지 않을까.

○◯ 엄마의 연애, 그리고 그 사이에서 내가 받은 정신적 상처에 대해

하지만 지금은 그냥 다 포기하고 부엌을 터덜터덜 나섰다. 앞으로 사과는 절대로 입에 대지 않을 참이었다.

내 방으로 올라가자마자 휴대폰을 꺼냈다. 최근에 올라온 아샤 자밀의 인스타그램 게시물을 읽은 뒤, 기후 행진에 대한 자료를 검색하기 시작했다.

클릭을 몇 번 하자 바로 일정표가 나왔다. 10월 29일 금요일. 그러니까 아샤가 우리 학교에 오기로 한 다음 날이었다.

나는 휴대폰을 한참 동안 멍하니 쳐다보았다. 시몬이 기후 행진 주최자인 마이아 언니의 연락처를 보내왔다. 마이아 언니는 우리 학교 근처에 있는 고등학교에서 '기후 활동가' 동아리를 이끌고 있었다.

마이아 언니한테 전화를 걸어서 괜찮은 이야기를 몇 가지 따내야겠다는 생각이 들었다. 하지만 고등학생 언니한테 섣불리 질문해서 중학생 티를 어정쩡하게 내고 싶진 않았다. 예리하고 진지한 질문을 준비해야 했다.

그때 유튜브에 알림이 떴다.

— 팔레트 픽시의 새 영상이 올라왔습니다. —

나는 팔레트 픽시의 게시물을 무지 좋아했다. 팔레트 픽시는 처음에 메이크업 팁을 공유하면서 유명해졌는데, 지금은 어떻게 해야 자신처럼 SNS에서 영향력을 넓힐 수 있는지 그 비법을 전파하고 있었다.

당장 팔레트 픽시의 새 영상을 확인하고 싶었지만, 꾹 참고서 마이아 언니한테 문자 메시지를 보냈다.

안녕하세요? 저는 시더뷰 중학교에서 유튜브 채널을 운영하고 있는 에밀리 로렌스예요. 기후 행진에 관심이 있어서 연락 드려요. (A)

마이아 언니의 답장을 기다렸지만, 한참이 지나도 감감무소식이었다. 이러다간 마이아 언니와의 인터뷰 영상을 싣기 어려울지도 모르겠다는 생각이 들었다.

나는 대안을 세워야겠다고 생각하면서 팔레트 픽시의 유튜브 채널에 들어갔다. 영상의 재생 버튼을 막 누르려는 찰나, 엄마가 방문을 벌컥 열었다.

"이상한 사진이나 영상 같은 거 보고 있는 건 아니지?"

"어휴, 엄마! 지금 대본 쓰는 중이라고요."

엄마가 내 침대로 와 털썩 앉으며 물었다.

"학교는 어때?"

"괜찮아요. 집이 더 문제죠. 네안데르탈인들하고 살고 있는 기분이거든요."

"적응하는 데 시간이 좀 걸릴 거야."

"엄마, 오늘 아침에 오션이 화장실을 쓴 뒤에 들어갔더니 냄새가 얼마나 지독했는지 아세요? 그래서 내가……."

엄마 얼굴에서 미소가 싹 사라졌다.

"에밀리, 오션은 여덟 살짜리 꼬맹이잖아. 곧 괜찮아질 거야."

과연 그럴까? 나는 도무지 확신이 서지 않았다.

"그럼 일요일에 호텔에서 더 이야기해요."

그나마 일요일은 엄마와 둘이서 오붓하게 시간을 보낼 수 있었다. 일요일이면 아침 일찍 엄마가 일하는 호텔로 함께 갔다. 엄마가 사무실에서 두어 시간 정도 일하는 동안, 나는 그 옆에 앉아 숙제를 하곤 했다. 지난 몇 년간 우리 두 사람에게 반복된 일상이었다.

사실 나는 이곳으로 이사 오기 일주일 전부터 마음이 좀 힘들었다. 그래서 엄마와 함께 짐을 싸다 말고 소파에 웅크려 앉았다. 때마침 TV 화면에 엄마 역할을 맡은 사람이 새 남자 친구와 소파에 나란히 앉아 있는 장면이 나왔다.

그걸 보자마자 나도 모르게 눈물이 와르르 쏟아졌다. 순간, 너무 당황스럽고 부끄러웠다. 나는 원래 좀 더 성숙한 인간이었기 때문이다.

아무튼 그날 밤 엄마는 우리의 호텔 데이트가 없어지는 건 아니라고 약속했다. 그것 말고도 몇몇 일들은 지금과 변함없을 거라고 분명히 말했다. 그런데 지금, 문 쪽으로 걸어가다 돌아서는 엄마의 표정은 이번 주말에 화이트 초콜릿 모카가 없다는 걸 말하려 하는 듯했다. 아니나 다를까…….

"아, 미안해. 미리 이야기하려고 했는데, 네 새아빠랑 집주인을 만나서 집 수리에 대해 논의해야 해. 그 사람이 일요일 오전밖에는 시간이 안 된다네. 어쩌지?"

"괜찮아요."

가슴이 꼬챙이에 푹 찔린 듯한 느낌이 들었지만, 애써 아무렇지 않은 척하며 어깨를 으쓱여 보였다.

"호텔 데이트는 엄마도 계속하고 싶어. 다음 주엔 꼭 약속 지킬게."

엄마 말에 나는 또 어깨를 으쓱였다. 잠시 불편한 침묵이 흘렀다. 엄마는 침대로 다시 다가와 나를 꼭 안아 주었다. 그러고는 침대에 놓인 내 휴대폰을 집어 들었다.

"기후 행진에 대한 글을 쓰고 있었구나!"

"네, 10월에 올리려고요."

나는 마지못해 시큰둥하게 대답했다.

"이런 건 확 잡아끄는 뭔가가 필요해. 다른 사람들의 인터뷰도 넣을 거니?"

엄마가 허락도 없이 내 대본을 읽은 뒤 이렇게 물었다. 나는 온몸으로 화를 삼켰다. 엄마는 오션이 쓴 화장실에서 냄새가 얼마나 지독하게 났는지 알지도 못하면서! 게다가 대화 주제가 어떻게 엄마와 나의 데이트 취소에서 내 대본에 대한 참견으로 확 넘어갈 수 있냐고! 나는 도무지 이해할 수가 없었다.

그때 계단을 쿵쾅쿵쾅 내려가는 오션의 발소리가 들렸다.

"못 찾겠어요. 찾아 주세요! 껌이 없어졌어요! 아직 반이나 남았는데!"

엄마는 두 손으로 내 어깨를 꼭 쥐었다 놓고는 아래층 상황을 정리하기 위해 방을 나섰다.

"어딘가에 있을 거야. 가방 속을 한번 확인해 보자."

껌이라니. 그게 저 난리굿의 이유라고? 나는 자리에서 일어나 방문을 닫은 뒤 책상 의자에 털썩 앉았다. 갈비뼈 아래가 타 들어가는 것만 같았다. 이를 악물고 심호흡을 하며 통증이 사라지기를 기다렸다.

칫, 거지 같은 모카 커피 따위 누가 마시고 싶다고 했나? 솔직히 엄마를 위해서 지금까지 일요일 아침 시간을 비워 둔 거였다. 이제는 내 프로젝트를 위해 그 시간을 활용할 거다. 인플루언서로서의 경력을 쌓는 데 말이다. 뭐, 기후 변화로부터 세상을 구하기 위해서 쓸 수도 있다. 그런 일은 내 시간과 에너지를 온전히 쏟아부을 만한 가치가 있으니까.

나는 휴대폰에서 녹음 앱을 켠 뒤, 마이아 언니에게 전화를 걸었다. 다행히 전화를 바로 받았다.

"안녕하세요, 저는 에밀리라고 하는데요. 이 통화는 지금 녹음 중이에요. 왜냐하면 이번……."

"아, 그 유튜버구나! 문자 받았어. 미안해, 바로 연락하지 못해서. 이번 주는 정말 정신없이 바쁘거든. 기후 행진은 시청 앞에서부터 진행할 거야. 행진 경로를 따라 자원봉사자가 한 백 명 정도 필요한데, 혹시 너도 도와줄 수 있니? 그리고 너희 학교에 행사 포스터 좀 붙여 줄래?"

"포스터를 붙이는 건 얼마든지……."

"잘됐다! 그럼 자원봉사도 한번 생각해 봐. 응급 처치 요원도 필요한데, 혹시 그런 자격증 있어?"

"아니요, 저는……."

"이런 행사를 준비하려면 엄청나게 많은 노력이 필요해. 거의 미친 짓이지. 난 말이야, 그날 적어도 천 명은 모였으면 좋겠거든. 아무튼 우리 동아리 회원들이 이 행사를 아주 적극적으로 홍보하고 있어."

내가 막 질문을 하려는 찰나, 언니는 "앗, 이런! 이제 끊어야겠다. 그럼 그때 보자!" 하고는 전화를 툭 끊었다. 나는 대본에 넣을 만한 내용을 고르기 위해 언니와의 통화 내용을 처음부터 다시 들었다. 말이 하도 빨라서 몇 번이나 다시 듣긴 했지만, 그런대로 쓸 만한 내용을 골라내기는 했다.

월요일 아침에 교장실 앞 복도를 지나가고 있는데, 교장 선생님이 대뜸 내 이름을 불렀다. 교장 선생님 옆에는 키가 몹시 큰 여자애가 서 있었다. 특이하게도 목에 아줌마들이나 좋아할 법한 연노란색 스카프를 두르고 있었다. 희한한 건 그 여자애와 꽤 잘 어울린다는 거였다.

"너희 둘은 공통점이 많을 거 같은데? 심지어 이름도 비슷하잖아. 너는 에밀리, 얘는 아멜리."

교장 선생님이 말했다.

아멜리는 내가 항상 꿈꿔 왔던 붉은빛이 감도는 금발을 어깨

너머로 길게 늘어뜨리고 있었다. 칙칙한 금발인 내 머리칼하고
는 완전히 결이 달랐다. 게다가 만화 속 고양이가 튀어나온 듯
눈이 아주 커다랬다. 순간, 어처구니없게도 내 이름이 에밀리가
아니라 아멜리였으면 좋겠다는 생각이 들었다.

"수업 들어가기 전에 아멜리에게 학교 소개 좀 해 주겠니?"

교장 선생님이 물었다.

"네, 물론이죠."

나는 아주 친절하고 예의 바른 미소를 지었다. 아샤에게 학교
소개를 해 주기 전에 연습하는 셈 치기로 했다. 그렇게 생각하자
기분이 한결 좋아졌다.

아멜리가 무언가 말을 하려는 순간, 마커스가 우리 옆을 쏜살
같이 지나 복도 끝으로 사라졌다. 마커스는 나보다 두 살이 어렸
다. 우리는 같은 초등학교를 다닌 데다, 녀석이 유치원생일 때는
내가 짝꿍 도우미를 맡았다.

그래서인지 마커스 앞에서는 유난히 마음이 약해졌다. 마커스
는 무척 똑똑했는데, 특히 우주에 관해 이야기하는 걸 좋아했다.
그리고 언제나 예의 바르게 행동했다. 대화 도중에 불쑥 일어나
뛰쳐나가는 것만 빼면.

"마커스, 거기 서!"

그때 마커스의 보조 교사인 롭 선생님이 황급히 뒤쫓아가며
소리쳤다. 교장 선생님도 뭔가 심상치 않다고 느꼈는지 그 뒤를
따라 달려갔다.

"아까 그 애는 어디로 간 거야?"

아멜리가 고개를 갸우뚱하며 묻자 나는 어깨를 으쓱해 보였다.

"마커스는 교실에 얌전히 앉아 있는 걸 좋아하지 않아. 자주 있는 일이야."

아멜리를 보며 빙긋 웃다가 내 임무를 깨달았다.

나는 우선 화장실과 미술실, 과학실을 보여 주었다. 그런 다음 도서관으로 가서 채드윅 선생님에게 아멜리를 소개했다.

"아멜리, 만나서 반가워. 아, 에밀리한테 새 마이크를 보여 달라고 해 봐. 완전 최신 장비거든!"

선생님은 좀 과하다 싶을 정도로 새 마이크에 집착했다. 피, 학교 소개를 하면서 누가 이런 기술 장비를 낱낱이 보여 준다는 거지? 그런데 뜻밖에도 아멜리는 우리 '시더뷰 톡톡'의 스튜디오 시설과 장비를 보고서 유난히 마음에 들어 했다.

"어머, 정말 아늑해. 퍽 인상적이야. 아기자기하게 잘 꾸며 놓았네!"

"원래는 창고로 쓰던 곳이었어."

아늑하다는 게 맞는 표현인지는 모르겠지만, 인상적인 것만은 분명했다. 빙글빙글 돌아가는 사무실 의자 세 개와 긴 책상, 그 위에 놓인 컴퓨터 모니터, 그리고 오디오 믹서……. 당연하게도 그 앞에는 새 마이크가 놓여 있었다.

"유튜브를 매달 제작한다고? 몇 명이서?"

"넷. 아직은 시범 운영 중이야. 내년에 채드윅 선생님과 정식으로 출범할 계획이고.”

“진짜 대단하다! 내 도움이 필요하면 언제든 불러 줘.”

“그래, 알았어.”

이렇게 대답하긴 했지만, 나는 프로듀서로서 '시더뷰 톡톡'을 완벽하게 운영하고 있었다. 다른 사람의 도움 따위는 필요하지 않았다.

3학년 교실로 올라가고 있을 때, 마침 수업이 끝나는 종이 울렸다. 순식간에 아이들이 복도로 와르르 쏟아져 나왔다. 우리는 아이들의 팔꿈치에 이리저리 치이며 가까스로 계단을 올라갔다.

중간쯤 올라갔을까. 레자와 브라이스가 계단 난간을 타고 미끄러져 내려오면서 “스트으으으라이크!” 하고 소리쳤다. 마치 인간 볼링공이라도 된 것처럼.

나는 아멜리 쪽으로 간신히 돌아서서, 전교생을 대신해 사과를 하려고 했다. 그런데 뜻밖에도 아멜리는 빙그레 웃고 있었다.

“내가 원하던 게 바로 이런 거야. 진정한 공립 학교 분위기를 경험하고 싶어서, 레이크 포인트 웨스트 중학교에서 일부러 전학 온 거거든. 여긴 모든 게 다 있네. 각종 프로그램과 다양한 부류의 학생들, 활기찬 에너지. 여기서는 할 수 있는 일들이 참 많을 것 같아.”

이게 무슨 뜻이지? 여기는 사회 경험을 쌓으러 오는 곳이 아니지 않나? 그리고 레이크 포인트 웨스트 중학교는 등록금이 터무니없이 비싸기로 유명한 사립 학교였다.

내가 물었다.

"몇 반이야?"

"12반."

"플로레스 선생님 반?"

아멜리가 고개를 끄덕였다. 같은 반이었다. 으, 이름이 비슷한 학생 둘을 같은 반에 넣다니!

머리가 복잡해지려는 찰나, 마침 시몬이 나타났다. 나는 시몬에게 아멜리를 소개했다. 그리고 다 같이 교실로 들어갔다. 채 삼 분도 지나지 않아, 플로레스 선생님이 악몽에서나 들을 수 있을 거라고 생각했던 그 말을 꺼냈다.

"아멜리, 에밀리! 헷갈리지 않도록 아멜리 C, 에밀리 L이라고 부를까?"

선생님은 마치 아주 기발한 아이디어를 떠올렸다는 듯 미소를 함빡 지었다.

"우리, 아멜리 C가 시더뷰에 온 걸 환영해 주자. 아멜리 C가 편히 지낼 수 있도록 다들 도와줄 거지?"

결국 나를 나타내기 위해 이름 뒤에 글자 하나가 더 필요하게 되었다. 아멜리가 우리 교실에 있는 한, 나는 절대로 편히 지낼 수 없을 것 같다는 예감이 들었다.

점심시간이 되자마자 나는 도서관으로 갔다. 채드윅 선생님이 영상 업로드 일정을 항상 종이로 받고 싶어 하기 때문이었다.

그런데 선생님이 보이지 않았다.

"선생님, 계세요?"

도서관은 미로 같은 구조로 되어 있었다. 도서관 맨 뒤의 벽 쪽에는 책을 대출하고 반납하는 대출대가 있었고, 그 옆에는 거대한 어항이 있었다. 어항 왼편에는 '시더뷰 톡톡' 스튜디오, 그리고 교양서가 꽂혀 있는 책장이 늘어서 있었다. 어항 오른편은 안락의자가 놓여 있는 독서 공간인데, 사방이 책장으로 아늑하게 둘러싸여 있었다.

책장 사이를 살펴보며 선생님을 찾고 있을 때, 시몬이 불쑥 다가와 말을 걸었다.

"오늘 전학 온 애, 어떤 것 같아? 그 애 이름이 프랑스식이라던데? 걔는 파리에 가 본 적이 있을까?"

내가 뭐라 대답하기도 전에, 시몬이 숨을 헉 들이마시며 말을 이었다.

"카롤린 르부를 만났으면 어쩌지?"

카롤린 르부는 시몬이 가장 좋아하는 디자이너로, 화려하고 정교한 모자를 만드는 걸로 유명했다.

"그분, 돌아가시지 않았어?"

"음, 그렇기는 하지. 하지만 프랑스에 카롤린 기념비나 동상 같은 게 있을지도 모르잖아."

"아멜리한테 카롤린이 아니라 카롤린 동상을 본 적이 있는지 묻고 싶은 거야?"

"응, 그래서 말인데…… 같이 어울려도 괜찮을까?"

"누구랑? 카롤린이랑?"

"아니, 아멜리!"

"그야 당연히 괜찮지."

나는 한숨을 쉬며 대답했다.

"우리 반에 전학생이 오다니, 완전 신난다!"

시몬이 내 속도 모른 채 소리쳤다.

초등학교 4학년 때 처음 등교하던 날, 시몬과 나는 우연하게도 똑같은 물방울무늬 타이츠를 신고 있었다. 그 후로 우리는 절친이 되었다. 그런 의미에서 시몬은 내 영향력을 시험해 볼 수 있는 아주 완벽한 대상이었다.

"글쎄, 내 눈엔 좀 이상한 것 같던데."

나는 잠시 멈춰 서서 어항을 거울 삼아 앞머리를 정돈했다. 이마에 난 여드름을 가리기 위해서였다. 언제 누가 사진을 찍을지 모르니까.

인플루언서를 꿈꾸는 나로서는 훗날에 곤란한 모습으로 찍힌 중학생 시절 사진이 인터넷에 돌아다니지 않도록 항상 주의를 기울여야 했다.

"어떻게 이상한데?"

어항 건너편에서 시몬이 작고 동그란 코를 찡그리며 물었다. 나는 구체적인 예를 떠올리려고 애썼다.

"공립 학교가 어떤 곳인지 경험하고 싶어서 왔다고 하더라. 우리를 무슨 실험 대상처럼 여기는 것 같았어."

나는 거만한 목소리로 아멜리의 말을 따라 하며, 머리카락을 뒤로 휙 넘기는 흉내를 내었다. 시몬은 믿지 못하겠다는 표정을 지었다.

"정말로 머리카락을 그렇게 넘겼단 말이야?"

"응, 거의 이렇게 했어."

"음, 그건 좀 모욕적인데?"

그 순간, 어항 반대편의 아늑한 독서 공간에서 부스럭대는 소리가 났다. 시몬과 나는 곧바로 눈이 마주쳤다. 우리가 비밀 이야기를 나누는 동안, 누군가가 저쪽에 숨어 있었던 모양이었다. 갑자기 배가 조여 왔다.

"누구세요?"

시몬이 어항 너머로 고개를 내밀며 조심스레 물었다. 바스락거리는 소리가 또다시 들렸다. 우리는 그쪽으로 살그머니 다가갔다. 책장 반대편 파란색 안락의자에 마커스가 깊숙이 파묻혀 있었다.

후유, 다행이었다. 마커스를 보니, 아침에 복도를 허겁지겁 뛰어가던 롭 선생님과 교장 선생님이 떠올랐다.

"힘든 하루를 보내고 있구나?"

내가 안쓰러운 표정으로 묻자, 마커스는 고개를 끄덕이며 대답했다.

"롭 선생님은 아주 악랄한 우주 로봇이야."

"마커스, 네가 여기 있다고 교무실에 알려야 하지 않을까? 그렇게 하면 롭 선생님이 너희 엄마께 전화하실지도 몰라."

그러지 않아도 마커스 엄마는 학교에 자주 오는 편이었다. 뭔가 문제가 생기면 학교에서 전화를 받고 마커스를 데리러 오는 것 같았다.

마침내 마커스가 고개를 끄덕였다.

시몬은 선생님에게 도움을 요청하기 위해 문 쪽으로 갔고, 나는 이야깃거리를 찾기 위해 주변을 둘러보았다. 책장 맨 앞, 그러니까 눈에 잘 띄는 곳에 아샤 자밀의 신간 《지구를 구하는 방법》이 꽂혀 있었다.

나는 그 책을 꺼내 마커스에게 보여 주었다.

"이거, 읽어 봤니? 이 사람은 우주 비행사야. 정확히 말하면, TV 프로그램에서 우주 비행사 역할을 맡았지."

마커스가 약간 관심을 보이는 것 같았다.

"너도 우주에 관심이 많잖아. 그치?"

마커스의 짝꿍 도우미로 활동하던 때가 떠올랐다. 그때 우리는 함께 태양계 모형을 만들었다. 마커스는 고개를 끄덕이며 책을 받아 들었다.

"지구를 어떻게 보호해야 하는지에 대해 쓴 책이야."

마커스가 뭔가 질문하려는 순간, 시몬이 교장 선생님과 채드윅 선생님, 그리고 롭 선생님을 데리고 왔다.

"마커스, 우리가 어떻게 해 주면 좋겠니?"

롭 선생님이 물었다.

"음, 학교에 안 다녀도 돼요?"

마커스가 활기찬 목소리로 묻자, 교장 선생님이 한숨을 푹 내쉬었다.

"그 책, 빌리고 싶니?"

채드윅 선생님이 마커스에게 물었다.

"에밀리 누나가 추천해 줬어요."

"그렇다면 분명히 훌륭한 책일 거야."

채드윅 선생님이 미소를 지으며 말했다. 그러자 마커스가 나와 시몬을 빤히 바라보았다. 그 순간, 교장 선생님은 수업 시간이라는 걸 깨닫고 우리를 곧장 교실로 돌려보냈다.

나도 인플루언서가 되고 싶어

학교를 마치고 집에 돌아오니, 짐 상자들이 오전과는 다르게 현관 근처에 높다랗게 쌓여 있었다. 그리고 그 뒤에 새아빠가 웅크려 앉아 있었다.

"에밀리, 얼른 엎드려!"

새아빠가 다급하게 외쳤다. 순간, 콩 주머니가 휙 날아와 내 두 눈 사이를 강타했다.

"아야!"

나는 손등으로 이마를 문질렀다. 다른 쪽 상자 더미 뒤에서 오션이 고개를 빼꼼 내밀었다. 새아빠가 놀란 얼굴로 물었다.

"괜찮니? 아까 낮에 상자 안에서 오션의 콩 주머니를 찾았거든. 오션은 보통 이걸로 저글링을 하는데, 이번에는 이 상자들이 멋진 요새처럼 보였나 봐."

"실례지만 숙제할 게 있어서요."

나는 적의 방어선을 가까스로 넘어서 피난처, 그러니까 내 방으로 갔다. 그러고는 곧장 가방에서 공책을 꺼냈다. 미래에 내 집을 어떻게 꾸밀지 아이디어가 떠올랐기 때문이다.

그곳에는 결코 상자로 된 요새 따위는 없을 것이다. 깔끔하게 흰색으로 칠한 벽에, 내가 좋아하는 책들로 가득 찬 유리 진열장을 한 줄로 쭉 늘어 놓아야지. 무엇보다 비밀 서재를 만들 생각이다. 서재 입구는 나만 찾을 수 있게 서랍장 뒤에 몰래 숨겨 놓을 거다. 책장은 너무 뻔하니까.

바로 그때 누군가 방문을 두드렸다. 나는 재빨리 공책을 덮었다. 새아빠가 머뭇거리며 문 사이로 고개를 내밀었다. 손에는 시나몬 토스트가 담긴 접시가 들려 있었다.

"여러 가지로 미안해. 특별히 공들여서 만들었어."

새아빠가 접시를 내밀며 말했다. 나는 토스트를 집어 들었다.

"너한테 큰 변화라는 거, 나도 잘 알아. 오션은 잭슨이랑 놀라고 밖으로 내보냈으니까 한동안 조용히 숙제할 수 있을 거야."

이 집은 학교에서 겨우 여섯 블록 떨어져 있었다. 작은 앞마당에 꽃이 잔뜩 피어 있는 것은 좋았지만, 옆집에 오션과 동갑내기 남자아이가 살고 있다는 큰 단점이 있었다.

"괜찮아요. 저는 그 어떤 콩 주머니 공격에서도 무사히 살아남을 테니까요."

내가 마지못해 대꾸하자 새아빠가 안도하는 표정을 지었다.

"오션은 에너지가 많은 아이야. 그리고 자기 엄마랑 떨어져 사는 것에 지금 적응해 가는 중이고."

오션의 엄마는 로스앤젤레스에서 직장을 다니고 있었다. 그래서 크리스마스 연휴 때까지는 오션과 함께할 수 없었다. 이건 나도 안타깝게 여기는 부분이었다.

"우리랑 같이 사는 게 쉽지 않을 거야. 하지만 나는 너와 수잔을, 그러니까 너희 엄마를 진심으로 사랑해. 이곳에서 함께 살 수 있어서 정말 행복하단다."

새아빠한테 계속 화를 내는 건 쉽지 않은 일이었다. 사실은 토스트도 진짜 맛있었다.

"방이 참 멋지구나."

우리 집 구조는 여느 집들과는 조금 달랐다. 1층에 부엌과 거실이 있었고, 그 아래층에 엄마와 새아빠가 쓰는 큰 방과 욕실이 있었다. 오션 방과 내 방은 2층에 있었다.

내가 첫째라는 이유로, 엄마와 새아빠는 2층에서 마음에 드는 방을 먼저 고르게 해 주었다. 나는 당연히 유럽풍 돌출 창문이 있는, 다시 말해 인스타그램 감성으로 가득한 이 방을 골랐다. 그리고 창문 앞으로 책상을 딱 갖다 놓은 다음 바닥에 러그를 깔았다. 키 큰 책장도 하나 있었는데, 작가 이름 순으로 책을 쭉 꽂아 두었다.

"책이 정말 많네. 혹시 작가가 되고 싶니?"

새아빠가 책장을 훑어보며 물었다.

"뭐, 비슷해요. 하지만 제가 쓰려는 글은 좀 짧아요. 인플루언서가 될 거거든요."

"그게 뭔데?"

"패션이나 인테리어 팁, 요리 레시피 같은 걸 SNS에다 공유하는 거예요. 그러다가 팔로워가 엄청나게 많이 늘어나면 유행을 주도하게 되죠."

"인플루언서도 직업이야?"

"여러 회사에서 자신들의 브랜드나 제품을 홍보해 달라고 인플루언서한테 돈을 주니까요."

놀랍게도 새아빠는 내 말에 계속해서 귀를 기울였다. 심지어는 고개를 살짝 끄덕이기까지 했다. 나는 자세를 바로잡았다. 당장 인플루언서 활동을 시작해야 한다고 새아빠를 설득한다면 뭔가 승산이 있을지도 모르겠다는 생각이 들어서였다. 새아빠가 엄마를 설득해 SNS에 내가 찍은 영상을 올릴 수 있게 해 준다면.

이 생각을 왜 진작 못 했을까? 나는 이제 양쪽 부모가 다 있는데……. 한 사람이 허락하지 않아도 다른 사람한테 다시 이야기해 볼 수 있는 거잖아. 이게 부모가 다 있는 가정의 장점이 아닌가?

"팔로워가 이만 명 정도만 되어도 게시물 하나당 수백 달러를 벌 수 있어요."

"와, 정말 놀라운걸."

음, 이제 보니 엄마한테 남자 보는 눈이 있는 것 같기도.

"제 인스타그램 계정 팔로워 수가 더 늘어나면, 우리 집에도 경제적으로 도움이 될 거예요."

이 말은 조금 과했던 걸까? 새아빠가 다시 책장으로 시선을 돌렸다. 하지만 아직까지는 가능성이 충분히 엿보였다. 앞으로 천천히 설득하면 몇 주 안에 허락을 받아 낼지도 모르겠다.

새아빠는 책장에서 엄마가 진짜진짜 좋아하는 책을 꺼냈다. 엄마는 에밀리 포스트의 열성 팬이었다. 내 이름만 봐도 충분히 알 수 있었다.

나는 열두 살 때 생일 선물로 에밀리 포스트의 1920년대판 《에티켓》을 받았다. 완전히 오래된 책이었지만, 그런대로 읽는 재미가 쏠쏠했다. 옛날 영화가 항상 그렇듯이, 이야기가 언제나 저녁 사교 모임이나 티 파티를 배경으로 펼쳐졌다.

새아빠는 책장에 꽂혀 있는 책들을 손가락으로 쭉 훑었다. 책장에는 엘사 맥스웰 같은 사람들이 쓴 에티켓 안내서와 에이미 밴더빌트나 미스테리아 공주 같은 심리 전문 칼럼니스트들의 전기가 몇 권 꽂혀 있었다.

"엄마는 거기 있는 책들을 주로 좋아하세요. 누군가와 좋은 관계를 맺을 때 매너가 기본이 된다고 생각하시거든요. 그러고 보면 저 여성들이 그 시대의 인플루언서가 아닐까요? 저도 그런 사람이 되고 싶어요."

"아, 그래?"

"에밀리 포스트는 라디오 프로그램을 진행했는데요. 지금이랑도 많이 비슷해요. 다만 요즘은 예쁘게 화장하는 법이나 면접용 헤어스타일이 궁금할 때 유튜브나 인스타그램 계정을 찾아보지만요."

새아빠는《에티켓》을 쭉 훑어보고는 다시 책장에 꽂았다. 그러고는 방을 둘러보며 말했다.

"여기서 많은 걸 하고 있었구나."

"음, 그런데 이제는 아래층에 쌓여 있는 짐 상자들을 풀어야 하지 않을까요? 요새나 등을 기대는 용도로만 쓰시지 말고요."

"아, 그럴까?"

새아빠의 뺨이 붉어졌다. 나는 단호하게 고개를 끄덕였다. 곧이어 새아빠는 수염을 쓰다듬으며 방에서 나갔다. 이번 기회에 내가 얼마나 현명하고 지혜로운 사람인지 깨달았기를.

나는 다시금 포스터를 멍하니 바라보았다. 에밀리 포스트라면 뭐라고 했을까? 우리가 새아빠랑 오션이랑 함께 살기로 했을 때 과연 찬성했을까? 1920년대였다면 엄청난 스캔들이었을 거다.

사실 에밀리 포스트도 몇 번의 스캔들을 겪었다. 맨 처음은 남편의 외도로 이혼을 했을 때였다.《에티켓》은 그 후에 출간되었다. 어쩌면 모든 가족의 모습이 똑같지 않다는 걸 누구보다 먼저 이해했을지도 모른다. 우리 엄마가 새아빠를 사랑하게 된 것, 그래서 새아빠와 오션이 이 집으로 이사 오게 된 것처럼.

다음 날 점심시간, 나는 학교 식당으로 가서 늘 앉는 자리에 앉아 도시락을 꺼냈다. 작년부터 코스트프레시가 위탁 운영을 맡으면서 식당은 온통 파란색과 노란색 현수막으로 뒤덮였다.

그런데 시몬이 아멜리가 월요일에 하고 왔던 것과 똑같은 노란색 스카프를 목에 두르고서 나타났다. 그것도 노란색 포장지로 감싼 코스트프레시 치즈 버거를 손에 들고서.

그때 다니엘라가 다가와 작은 목소리로 물었다.

"여기 앉아도 돼?"

나는 옆으로 살짝 움직여 자리를 만들어 주었다.

건너편 테이블에서는 레자와 브라이스가 오렌지 주스로 누가 더 오래 가글을 할 수 있는지 내기라도 하는 듯 보였다.

나는 고개를 절레절레 흔들면서 보온 도시락의 뚜껑을 열었다. 그러자 맞은편에 앉아 있던 시몬이 몸을 앞으로 기울이며 물었다.

"뭔데 냄새가 이렇게 좋아?"

지난 학기까지만 해도 나는 직접 샌드위치를 만들어서 점심 도시락으로 싸 왔다. 가끔은 엄마가 학교 식당에서 점심을 사 먹으라며 돈을 주기도 했다.

하지만 지금은 새아빠가 점심 도시락을 싸 주고 있었다. 새아빠는 오전에만 요리 학교에서 학생들을 가르치기 때문에 오후에는 시간이 꽤 많았다. 새아빠가 만드는 음식은 제법 맛있었다.

"새아빠가 그러는데, 이건 인도네시아 음식이래."

나는 시몬에게 카레로 양념한 닭고기와 국수, 그리고 파를 한데 넣고 볶은 음식을 보여 주었다. 어제 저녁으로 먹은 다음 일 부러 조금 남겨 둔 것이었다.

"한 입 먹어 봐도 돼?"

나는 볶음 국수를 시몬에게 건넸다. 시몬이 포크로 면을 돌돌 말아 올려 먹어 보더니 곧장 감탄사를 내뱉었다.

"이거, 진짜 맛있다. 진정한 셰프만이 낼 수 있는 맛인걸. 우리 학교에 한번 오셔서 조리사분들한테 전수 좀 해 주면 좋겠다."

그러다가 리디아 영양사 선생님의 얼굴을 보고는 입을 꾹 다 물었다. 영양사 선생님은 사실 우리 학교에서 가장 무서운 사람 이었다. 나는 영양사 선생님이 사라질 때까지 숨을 죽였다.

웬일인지 다니엘라도 나처럼 숨을 죽인 채 정사각형으로 반듯 하게 자른 잼 샌드위치를 아주 조금씩 베어 먹었다. 그러다가 무 언가 말을 뱉었지만 전혀 알아들을 수가 없었다.

만약 채드윅 선생님이 우리 둘을 유튜브 팀에 넣지 않았다면 다니엘라와 어울릴 일이 있기나 했을까? 다니엘라는 친구가 그 다지 많아 보이지 않았다. 컴퓨터 동아리 외에는 다른 동아리 활 동도 하지 않는 듯했다. 소곤소곤 말하는 버릇은 영 내 취향에 맞지 않았지만, 오늘따라 유난히 다니엘라가 위축되어 보여서 조금 신경이 쓰였다.

"괜찮아?"

내가 물었다. 다니엘라는 헝클어진 머리카락을 한 가닥 잡아 서 당기며 말끝을 흐렸다.

"음……, 그냥 그게……."

"천천히 말해도 괜찮아."

나는 짐짓 다정하게 말했다. 에밀리 포스트라면 이런 상황에서 분명 이렇게 말했을 테니까. 그러자 다니엘라가 어렵사리 말을 꺼냈다.

"브라이스가 자꾸 내 숙제를 베껴. 작년에도 그랬는데, 이번에 또 그러는 거 있지? 그래서 수업 시간마다 일부러 내 옆에 앉아."

"팔로 공책을 가려 보는 건 어때?"

내가 물었다.

"그렇게 하면 더 불편해질 것 같아서……."

시몬이 다니엘라의 말을 들으려고 테이블 위로 몸을 기울이며 불쑥 끼어들었다.

"선생님께 말씀드리는 건?"

"그러면 내가 일렀다는 걸 알게 될 거야. 걔를 도와주는 건 상관없어. 하지만……."

다니엘라가 입술을 깨물었다.

"다니엘라, 그건 도와주는 게 아니야. 브라이스가 하는 짓은 부정행위잖아. 그 일로 너는 스트레스를 받고 있고."

나는 단호하게 말을 이었다.

"너한테는 두 가지 선택지가 있어. 하나는 점심시간에 브라이스한테 가서 솔직하게 네 생각을 털어놓는 거야."

그 순간 다니엘라가 눈을 동그랗게 뜨며 브라이스가 앉아 있는 테이블을 힐끗 보았다.

"그게 어려우면, 선생님께 말씀드리는 거지. 말을 잘할 자신이 없다면 편지를 쓰는 방법도 있어. 중요한 건……."

내 말이 채 끝나기도 전에, 시몬이 휴대폰 화면을 테이블 한가운데로 획 들이밀었다.

"얘들아, 아샤 자밀이 메타 포워드 금융 언론상 시상식에 간대. 그때 입을 이 환상적인 드레스 좀 봐. 심지어 지속 가능한 패션이라지 뭐야. 나, 지금 완전 반했잖아."

시몬은 중학교 1학년 때부터 인스타그램 계정을 운영해 왔다. 팔로워가 벌써 이백 명이 넘었다. 만약 그때 나도 계정을 만들었다면 지금쯤 못해도 팔로워가 수천 명은 되었을 텐데.

다니엘라 문제는 순식간에 뒷전으로 밀려나 버렸다. 나는 아샤의 드레스 사진을 정신없이 넘겨 보았다. 드레스가 너무너무 멋졌다.

그때 시몬이 허공에다 팔을 마구 흔들었다. 고개를 들어 보니, 아멜리가 식당으로 들어오고 있었다. 머리카락이 형광등 불빛을 받아 금빛으로 반짝반짝 빛났다.

"여기 앉아. 우리 학교 비밀을 싹 다 알려 줄게."

시몬이 소리쳤다. 나는 반대하고 싶은 마음이 굴뚝같았지만, 차마 겉으로 드러내지 못하고 억지 미소를 지었다.

'안 돼, 아멜리와 에밀리는 한 테이블에 같이 앉아 있을 수 없다고. 그리고 지금 우리는 브라이스가 다니엘라의 숙제를 베끼

는 것에 대해 얘기하고 있었잖아.'

나는 이 말을 속으로 꿀꺽 삼켰다. 다니엘라도 입을 다물었다.

"어머, 스카프 멋있다!"

아멜리가 시몬을 보며 외쳤다.

"네가 말한 대로 묶었지."

얘네 둘은 대체 언제 스카프 묶는 법을 공유한 거지?

나는 아멜리를 보며 말했다.

"조금 전까지 아샤 자밀 얘기를 하고 있었어. 너, 아샤가 10월
말에 우리 학교에 온다는 거 알고 있어?"

"아샤의 투어 일정에서 봤어. 나도 엄청 팬이거든."

아멜리의 말에 시몬이 소리를 꽥 질렀다.

"와, 진짜? 정말 대박이지 않아? 어쩌면 세상을 바꿀 수 있을
지도 몰라. 우리 셋이 머리를 맞대고서 아샤 자밀을 어떻게 맞이
할지 계획을 세워 보면 말이야."

"셋이 아니라 넷이지."

나는 이렇게 정정하며 다니엘라를 힐끗 보았다. 다니엘라가
큰 도움이 되지는 않겠지만 함께하는 게 맞다는 생각이 들어서
였다.

아멜리가 물었다.

"아샤가 빈곤 퇴치 운동을 위해 게시물에 링크 걸어 둔 거 봤
어? 나는 이미 부모님께 기부를 부탁했어. 그리고 내 게시물에도
여러 번 공유를 했……."

흥, 그렇군. 아멜리 역시 나보다 팔로워 수가 훨씬 더 많은 게 분명했다.

아멜리가 이어서 말하려던 순간, 저쪽 오렌지 주스 테이블에서 뭔가 한바탕 소란이 나는 바람에 그만 그 말이 묻히고 말았다.

"저기, 엄청 시끄럽네. 그리고 좀 이상하지 않아?"

아멜리가 오렌지 주스로 흠뻑 젖은 아이들을 보다가 마커스 쪽으로 시선을 돌리며 말했다. 마커스는 친구들과 함께 코스트 프레시의 플라스틱 포크로 로켓을 만들고 있었다.

"뭐, 학교에는 다양한 사람들이 모이게 마련이지."

"아니야, 우리는 다양……."

나는 하려던 말을 멈추었다. 아멜리 말이 맞았기 때문이다. 아멜리의 말투는 마치 우리가 동물원의 우리에 갇힌 동물이라도 된 것 같은 기분을 느끼게 했다.

그런데 갑자기 시몬이 아무 말을 하지 않았다. 아멜리의 점심 도시락만 뚫어지게 쳐다보고 있었다. 아멜리의 점심은 방울토마토, 오이, 올리브가 들어간 파스타 샐러드가 다였다.

"좀 먹어 볼래?"

아멜리가 물었다. 시몬은 고개를 끄덕이며 포크로 샐러드를 집어 먹었다.

"음, 맛있다. 치즈 대신 면을 넣은 그리스식 샐러드 같아."

"나는 치즈를 못 먹어. 비건이거든. 우리 가족은 동물에게도 권리가 있다고 생각해."

아멜리의 말을 듣는 순간, 다니엘라의 입술이 움찔거렸다.

"멋진데!"

나는 일부러 큰 소리로 대꾸했다. 아니, 그래야 했다. 시몬의 입이 샐러드로 가득 차 있었기 때문이다. 다니엘라는 마치 매력적인 컴퓨터 코드를 바라보듯 아멜리를 보며 나직이 속삭였다.

"우리가 먹는 고기에는 정말로 끔찍한 문제가 있어."

"그래, 맞아."

나는 두 사람을 번갈아 보면서 짐짓 맞장구를 쳤다. 그런 것쯤은 이미 다 알고 있다는 듯이 보이려고 애쓰면서.

"너희도 들어 봤을 거야. 닭을 아주 좁다란 닭장에서 키워서, 가슴에 생긴 상처가 평생토록 사라지지 않는다는 얘기 말이야. 병아리들이 서로 쪼아 죽이지 못하도록 부리 끝을 잘라 낸다는 것도."

아멜리가 '부리'라고 말하는 그 순간, 안타깝게도 내 입안에는 새아빠가 만들어 준 치킨 카레가 들어 있었다. 갑자기 목이 메어서 치킨이 잘 넘어가지 않았다.

"진짜 끔찍해!"

내가 사레가 들려 캑캑거리는 동안, 시몬이 인상까지 찌푸려 가며 말을 이었다.

"오, 이번 기회에 비건 동아리를 만드는 건 어때?"

"애들이 관심을 가질까?"

아멜리가 이렇게 묻자 시몬이 나를 쳐다보았다.

"당연하지! 에밀리, 너도 관심 있잖아. 그렇지? 그 뭐냐, 비건틱한 거."

"비거니즘."

다니엘라가 속삭였다.

나는 겨우 재채기를 멈추고 숨을 가쁘게 몰아쉬었다. 내가 여기서 질식해 죽는다고 해도 아무도 눈치채지 못할 것 같았다.

"이미 많은 사람이 알고 있어. 나만 해도 비건 음식에는 뭐가 있는지 완벽하게……."

나는 겨우 숨을 고르고 말을 내뱉었다. 그러자 다니엘라가 속삭였다.

"나도 비건이야."

나는 고개를 돌려 다니엘라를 보며 되물었다.

"너도 비건이라고?"

"우아! 정말 다행이다. 여기서 왕따가 될까 봐 얼마나 걱정했다고."

아멜리가 두 손을 번쩍 들며 소리쳤다.

"잠깐만! 비건도 글루텐은 먹을 수 있는 거지?"

시몬이 물었다. 그 말에 나는 몇 년 전의 기억을 떠올렸다. 시몬 엄마가 몇 주 동안 글루텐을 끊겠다고 하면서 우리에게 한국식 팬케이크를 만들어 주지 않던 그때가……. '전'이라는 한국식 팬케이크는 밀가루 반죽에 채소를 넣고 잘 섞은 다음 기름에 지진, 아주 맛있는 음식이었다.

"당연하지. 쌀, 감자, 파스타 등등 다 먹을 수 있어. 달걀만 들어가 있지 않으면."

"그럼 나도 가입할게!"

시몬이 소리쳤다. 그러자 모두가 기대에 찬 눈빛으로 나를 바라보았다.

"그래, 좋을 것 같네."

나는 마지못해 겨우 대답했다. 우리는 물병을 마주 부딪치며 앞으로의 비건 생활을 축하했다.

고기를 덜 먹으면 지구 환경에도 좋기는 했다. 게다가 내 보온 도시락에 남아 있는 치킨이 이제 한 조각뿐이었다. 나는 치킨을 면 아래로 깊숙이 밀어 넣었다.

다행히 시몬도 코스트프레시의 치즈 버거를 다 먹은 상태였다. 그런데 시몬은 치즈 버거가 비건 음식이 아니라는 걸 알고 저러는 걸까?

헉, 기후 행진 콘텐츠를 취소하라고?

다음 날, 과학 시간에 플로레스 선생님은 유전자 돌연변이를 최초로 연구한 과학자들에 관해 설명하고 있었다. 그런데 1학년 학생이 과학실 문 앞에 나타나 선생님에게 쪽지를 전해 주었다.

선생님은 쪽지를 읽은 뒤 고개를 들고서 이렇게 말했다.

"시몬, 에밀리 L, 채드윅 선생님께서 잠깐 보자고 하시네. 급한 일이 있나 봐."

시몬이 나를 보며 눈썹을 들어 올렸고, 나는 어깨를 으쓱해 보였다. 채드윅 선생님이 우리를 왜 찾는지 짐작조차 할 수 없었다.

"유튜브에 관해 물어보시려는 건 아닐 거야. 내가 맡은 부분은 아직 녹화도 안 했거든."

시몬이 도서관으로 걸어가면서 말했다.

"나는 영상 파일을 전부 업로드했어. 심지어 대본까지 다 출력해 놨는데."

대본은 내가 두 번이나 교정을 본 상태였다. 단순히 오타 문제로 우리를 수업 중에 불러내진 않았을 것 같았다.

잠시 후 도서관에 도착하자, 채드윅 선생님이 한 손으로 턱을 꾹꾹 누르며 서 있었다. 치통이 심하다고 했다. 선생님은 입술을 거의 움직이지 않으면서 힘겹게 말했다.

"10월 29일에 있는 기후 행진 말이야. 교장 선생님께 말씀드렸는데, 좋은 생각이 아니라고 하셨어."

선생님이 날짜를 이야기하는 순간, 내 머릿속에는 그 전날에 아샤 자밀이 학교로 온다는 사실이 퍼뜩 떠올랐다. 나는 정신을 집중하려고 애쓰며 이렇게 물었다.

"그 행진과 관련해서, 제가 뭔가 잘못 알고 있는 게 있나요?"

"그 행진은 고등학생들을 위한 거야. 그래서 시더뷰 중학생들에게는 해당이 안 돼."

"해당이 안 된다고요?"

시몬도 나처럼 혼란스러운 듯이 보였다.

"그래서 그날 그 누구도 학교 수업에 빠질 수가 없어."

선생님은 치통이 점점 심해지는지 얼굴을 잔뜩 찡그리며 말하다가 빈 종이에다 글씨를 쓰기 시작했다.

우선 학교에서 기후 행진을 장려하는 것처럼 보여선 안 돼. 차라리 기후 문제와 관련해서 게시판을 만들어 보는 건 어때?

"게시판이라고요?"
나는 맥이 빠져서 말했다. 채드윅 선생님이 시계를 확인했다.

난 이만 가 봐야겠다. 미안.

종이에다 이렇게 적고는 시몬과 나를 도서관에 남겨 둔 채 서둘러 나가 버렸다.
시몬이 내게 물었다.
"이거 채드윅 선생님 마음대로 결정하셔도 되는 거야?"
"나도 모르겠어. 선생님이 일단 우리 학교 유튜브 책임자시니까, 원하는 대로 규칙을 정할 수는 있겠지."
나는 이렇게 말하고는 의자에 털썩 주저앉았다. 그 기사를 준비하느라 얼마나 열심히 조사하고 준비했는데!
마침 그때, 교장 선생님이 도서관으로 불쑥 들어왔다. 다짜고짜 우리를 노려보았다.
"너희, 여기서 뭐 하고 있니? 지금 교실에 있어야 하지 않아?"
나는 깜짝 놀라 자리에서 벌떡 일어났다.
"죄송합니다."
나는 교장 선생님을 지나쳐 복도로 나갔다. 시몬이 뒤따라 나오며 속삭였다.

"잠깐만, 교장 선생님께 직접 여쭤 봐야 하지 않을까?"

"지금은 아니야. 전략을 짜야 해. 그런 다음에 교장 선생님께 말씀드려 보자."

지금은 손이 덜덜 떨려서 어떤 말을 해야 할지 아무것도 생각나지 않았다.

다시 과학실로 들어가자, 모두 실험에 몰두하고 있었다. 나는 다니엘라 옆자리에 앉았다. 다니엘라는 커다란 도표를 들여다보며 초파리의 돌연변이를 추적하고 있었다.

에밀리 포스트라면 이런 상황에서 어떤 조언을 해 주었을까? 안타깝게도 에밀리는 '학교 유튜브에 올릴 콘텐츠가 취소당했을 때 제대로 대처하는 법'에 관한 글은 쓰지 않았다.

조금 있으면 종이 울릴 것이다. 나는 과학실 시계의 분침이 자유를 향해 째깍째깍 다가가는 것을 말없이 지켜보았다. 그런데 그 순간이 오기 직전, 스피커에서 갑자기 안내 방송이 흘러나왔다.

"학생 여러분, 지금 학교 정문에서 언론사의 취재가 진행 중입니다. 그러니 뒷문이나 옆문으로 하교해 주시기 바랍니다."

'언론 취재'라는 말이 나오자마자 여기저기서 질문이 터져 나왔다. 플로레스 선생님은 양손을 들어 올리며 말했다.

"너희가 굳이 신경 쓰지 않아도 되는 일이야. 학교 후원금과 관련된 취재거든. 괜히 가서 방해하지 말고 곧장 집으로 가."

드디어 종이 울렸다. 나는 다니엘라와 함께 교실을 나섰다.

"정문 쪽으로 가자."

아멜리가 내 소매를 잡아당기며 말했다. 시몬은 어정쩡한 표정을 지은 채 아멜리 옆에 서 있었다.

"선생님이 곧장 집으로 가라고 하셨잖아."

내가 이렇게 말했지만, 아멜리는 아랑곳하지 않고 계속 재촉했다.

"어서, 정문 쪽으로 가자!"

흠, 뉴스의 정체를 아멜리만 알게 할 수는 없었다. 결국 우리는 다 같이 정문 쪽으로 달리기 시작했다. 정문에는 엄청난 인파가 모여 있었다. 취재를 구경하러 온 사람들뿐만이 아니었다. 잔디밭 건너편에는 푸드 트럭까지 와 있었다.

우리는 사람들 틈에 적당히 자리를 잡았다. 다니엘라는 금방이라도 쓰러질 것처럼 얼굴이 하얗게 질려 있었고, 아멜리는 평소답지 않게 잔뜩 긴장한 기색으로 길 쪽을 자꾸만 힐끗거렸다.

정문 맞은편에 있는 계단에 연단이 놓여 있었다. 연단 뒤에는 정장 차림의 남자 둘과 교장 선생님이 서 있었고, 그 사람들 머리 위에는 CA에너지 현수막이 걸려 있었다. 그리고 수많은 기자들이 계단 아래에서 서성였다.

시몬이 나를 팔꿈치로 툭툭 치며 말했다.

"저기 봐, 마이아 언니야. 기후 행진 주최자……. 얼마 전에 전화 통화했지? 저 언니도 우리 학교 졸업생이잖아."

나는 목을 길게 빼고서 검은 머리카락의 자그마한 여고생을 쳐다보았다. 마이아 언니는 휴대폰을 마이크처럼 무대 쪽으로 쭉 내밀고 있었다.

그때 교장 선생님이 마이크를 톡톡 두드리며 주의를 끌었다.

"지난 오 년 동안, 우리 지역의 교육 예산이 해마다 2천만 달러씩 삭감되었습니다. 시더뷰 중학교만 하더라도 교사 수를 줄여야 했지요. 교육에 필요한 기술 장비 구매와 시설 개선 같은 필수적인 계획들을 연기해야만 했고요. 이러한 상황을 조금이나마 해결하기 위해, 저희 학교는 이번 주에 아주 혁신적인 MOU 협약을 체결했습니다. CA에너지 홍보 이사 크리스 캠벨 씨를 소개하겠습니다."

정장 차림의 캠벨 이사가 연단으로 올라가 교장 선생님과 인사를 나눈 뒤 자리를 바꾸었다. 캠벨 이사는 안경테를 살짝 밀어 올리며 말문을 열었다.

"저희 CA에너지는 우리나라 학생들의 교육 기회를 넓히기 위해 최선을 다하고 있습니다. 교육은 우리 사회의 성공과 미래 인재 개발에 매우 중요한 열쇠니까요."

캠벨 이사는 잠시 말을 멈추더니, 치약 광고에 나오는 사람처럼 하얀 이를 드러내며 미소를 지었다.

"시더뷰 중학교에 3백만 달러를 지원해 CA에너지 커뮤니티 강당을 지으려 합니다. CA에너지 커뮤니티 강당은 수업 시간에는 시더뷰 학생들이 마음껏 이용하고, 그 외의 시간에는 CA에너지의 기업 행사나 지역 사회의 다양한 행사로 활용하려 합니다."

시몬이 내 쪽으로 몸을 휙 돌렸다. 눈이 반짝반짝 빛나고 있었다. 시몬이 무슨 말을 할지 알 것 같았다.

"거기서 패션쇼를 하면 좋겠다."

그때 다니엘라가 내 쪽으로 바짝 붙으며 속삭였다.

"저 사람은 그런 거 안 좋아해."

그러자 시몬이 뜬금없이 이렇게 물었다.

"아멜리는 어디 갔어?"

나는 잔디밭 너머 푸드 트럭 쪽으로 성큼성큼 걸어가는 아멜리를 물끄러미 바라보며 대답했다.

"저기 있네."

그런데 뭔가 좀 이상했다. 갑자기 인도네시아 음식이 먹고 싶어지기라도 한 걸까?

캠벨 이사는 계속해서 말을 이었다.

"이 흥미로운 프로젝트에 대해 질문해 주시면 답변 드리도록 하겠습니다."

기자들은 캠벨 이사가 아이돌 스타라도 되는 것마냥 무대 앞으로 우르르 달려갔다. 캠벨 이사는 미소를 띤 채 기자들을 한 명씩 지목한 뒤 질문을 듣고 답했다.

"저희는 장학금에 대해서도 추가로 논의 중입니다."

그러다 캠벨 이사가 마이아 언니를 지목했다.

"교육 예산은 원래 정부에서 지원해야 하는 거 아닌가요?"

마이아 언니의 질문에, 잠깐이지만 캠벨 이사의 얼굴에서 미소가 사라졌다.

"저희는 예산만 지원할 뿐이지, 학생들의 교육에는 관여하지 않습니다. 이해하셨나요, 우리 이쁜이?"

캠벨 이사는 이렇게 말하고는 곧바로 다른 기자를 지목했다. 마이아 언니는 추가 질문을 하려고 한쪽 팔을 허공에 들고 껑충 껑충 뛰었다. 하지만 캠벨 이사는 끝내 언니를 못 본 척했다.

잠시 후 마이아 언니가 군중을 헤치며 우리 쪽으로 다가왔다. 옆에 있는 친구에게 불평을 늘어놓는 소리가 얼핏얼핏 들려왔다.

"거만하고……, 가부장제의 앞잡이……, 사람을 그렇게 깔보다니……, 추가 질문도 못 하게……."

마이아 언니가 잔뜩 화가 난 채로 우리 옆을 지나갈 때, 시몬이 손을 번쩍 들어 흔들었다.

"언니! 여기는 제 친구 에밀리예요. 기후 행진에 대해 전화로 인터뷰했던 그 친구요. 그리고 얘는 다니엘라. 우리는 기후 행진을 정말 기대하고 있어요. 앞으로 지어질 강당도. 거기서 패션쇼를 하고 싶거든요!"

다니엘라는 당장 쥐구멍으로 숨고 싶은 듯한 표정을 지었다. 나는 다니엘라의 심정을 충분히 이해했다.

마이아 언니는 시몬을 쓱 쳐다보더니, 나를 향해 고개를 끄덕이며 말을 건넸다.

"네가 그 유튜버구나? 이번 달 영상이 어떻게 나올지 무척 기대돼. 다음 달에는 공교육을 장악하려 드는 기업들에 대해 다뤄

보는 게 어때?"

그러고는 어깨 너머로 캠벨 이사를 노려보며 덧붙였다.

"나를 '우리 이쁜이'라고 부르다니, 정신이 제대로 박혀 있는 거 맞아?"

"언니, 근데 그 영상은……."

나는 마이아 언니한테 기후 행진에 대한 영상을 올리지 못하게 되었다고 말하려 했다. 그런데 바로 그때, 마이아 언니 친구가 언니를 끌어당기며 말했다.

"마이아, 늦겠어."

다시 무대를 보니, 교장 선생님이 마이크를 잡고 마무리 멘트를 하고 있었다. 나는 시몬에게 나직이 속삭였다.

"시몬, 교장 선생님이 기후 행진 영상을 왜 올리지 못하게 했다고 생각해? 혹시 그 영상이 CA에너지의 심기를 건드릴 수도 있다고 생각해서?"

"뭐?"

"CA에너지는 석유와 가스 회사잖아. 어쩌면 기후 행진이……."

"친환경 에너지 회사 아냐?"

시몬의 말에 다니엘라가 고개를 가로저었다.

"아니야, 그렇지 않아."

"그나저나 강당이 생기면 정말 멋질 거야."

시몬은 이렇게 말하고는 숨을 헉 들이마시면서 다니엘라의 팔꿈치를 잡았다.

"낭독회! 낭독회를 열어서 우리의 재능을 마음껏 뽐내는 거야. 다니엘라, 네가 쓴 시를 큰 소리로 읽어 보는 건 어때?"

"너, 시도 써?"

나는 놀란 얼굴로 다니엘라를 바라보았다. 전혀 몰랐던 사실이었다. 그러자 다니엘라가 창백한 얼굴로 대답했다.

"작년에 시몬이랑 영어 수업 들을 때 딱 한 번 써 봤어."

"그래, 알았어. 너무 당황하지 마. 그리고 강당을 지으려면 시간이 꽤 걸리잖아. 다 지을 즈음엔 우린 아마 고등학교에 다니고 있을걸?"

내가 이렇게 말하자 시몬은 두 팔을 힘없이 툭 떨어뜨렸다. 그러다 한쪽 팔을 내 어깨에 두르며 말했다.

"그냥 그 가능성을 상상하며 꿈꿔 본 거라고."

나는 한숨을 푹 내쉬었다. 그 강당이 우리의 삶을 바꿀 거라는 생각은 들지 않았다. 그렇다고 시몬의 환상을 굳이 여기서 깨뜨릴 필요도 없었다.

나는 시몬과 함께 우리 집으로 갔다. 각자 옥수수 칩을 한 그릇씩 들고(음, 이제 비건이니까!) 내 방으로 가서 아샤의 최신 게시물을 쭉 넘겨 보았다.

유튜브에 기후 행진 영상 대신 올릴 만한 걸 찾아야 했지만, 아직 그것에 대해 고민할 준비가 되어 있지 않았다.

"나중에 금방 할 수 있어."

시몬이 말했다.

"그래, 맞아. 그리고 이건 꼭 봐야 하는 거잖아."

나는 최대한 우아하게 옥수수 칩을 씹으려 애쓰며 맞장구를 쳤다. 진지한 문제를 잠시 제쳐 두고 멋진 사진을 구경하는 것도 나름 괜찮았다.

뉴욕에서 열린 출간 기념회에 참석한 아샤의 사진이 올라와 있었다. 자줏빛이 감도는 빨간색 드레스를 입고 있었는데, 딱히 힘을 주지 않았는데도 무척 매력적이었다.

사진에는 '#코코넛사랑 #유포리아엘르'라고 해시태그가 달려 있었다. 아샤가 유포리아엘르 브랜드의 코코넛 블리스 샴푸를 좋아한다는 건 모두가 다 아는 사실이었다.

나는 사진 속 아샤의 귀걸이를 가리키며 말했다.

"언젠가 내가 유명한 인플루언서가 되면 많은 제품을 공짜로 협찬받게 될 거야. 그러면 우리는 하울 영상을 같이 찍을 수 있을지도 몰라. 네 패션 디자인 소개는 말할 것도 없고."

인플루언서들은 쇼핑한 물건들을 하나씩 소개하는 하울 영상을 꾸준히 올렸다. 그 물건들 중 대부분은 협찬 제품이었다. 팔로워 수가 몇천 명만 되어도 여러 회사에서 제품 협찬이 들어온다고 들었다.

아샤는 반려견 럼프킨의 사진이나 펜트하우스에서 찍은 일몰 사진도 올렸다. 심지어 국제 우주 정거장에서 촬영한 달 사진도 있었다. 물론 가끔씩 일상생활도 올라와 있긴 했는데, 대부분은 더 나은 세상을 만들기 위해 우리가 할 수 있는 일이 무엇인지 알려 주는 내용으로 가득했다.

♥💬🢒
우리 동네에 과수원이 생겼어요. 몇 년 뒤면 모두가 그 풍성한 열매를 함께 나눌 수 있을 거예요. #우리동네 #지속가능성 #사랑을실천해요

과수원 풍경은 정말 멋졌다. 코스트프레시 로고가 인쇄된 쇼핑백도 귀여웠다. 로고의 색깔이 좀 별로이긴 했지만.

그때 아래층에서 새아빠가 우리를 불렀다.

"얘들아, 나 좀 도와줄 수 있겠니?"

아래층으로 내려가자, 새아빠는 마시멜로가 동동 떠 있는 핫초코를 내밀었다.

"와, 진짜 판타스틱하게 맛있어요."

시몬이 핫초코를 한 모금 마시더니 연방 감탄하며 말했다. 이번만큼은 과장이 아니었다.

"미안하구나. 사실은 다른 속셈이 있어서 말이야. 너희 엄마가 지금 오션을 데리고 가라테 수업에 갔는데, 집에 돌아오기 전에 거실에다 그림을 좀 걸어 두고 싶어서. 너희가 조언을 좀 해 줄 수 있겠니?"

사실 지금 유튜브 콘텐츠를 준비해야 하는데, 새아빠를 돕는다면 그만큼 그 일이 늦어질 수밖에 없었다. 하지만 시몬은 이미 내 옆에서 손뼉을 치며 소리치고 있었다.

"깜짝 선물이라니, 정말 좋아요!"

엄마를 위해 뭔가를 하면 무척 좋을 것 같기는 했다. 엄마는 요새 호텔에서 열리는 큰 결혼식들을 연달아 준비하느라 밤늦게까지 일했다. 그래서 집에 오면 늘 녹초가 되어 있었다.

게다가 이삿짐을 거의 다 풀긴 했지만, 거실 벽은 아직도 휑하게 비어 있었다.

"시몬은 패션 디자이너가 꿈이에요. 이런 일에 능숙하죠."

내가 말했다.

실제로 시몬네 집은 세련되고 현대적인 스타일이었다. 우리 집에서도 그런 분위기가 났으면 좋겠다는 생각을 하곤 했다.

"시몬, 이 집에 영혼을 좀 불어넣어 줄 수 있겠니?"

새아빠가 환하게 웃으며 우리를 거실로 데리고 갔다. 거실 바닥에는 새아빠 취향의 예술 작품들이 쭉 깔려 있었고, 소파에는 플라스틱 액자에 담긴 엄마 취향의 포스터들이 기대어 있었다.

"자, 어디서부터 시작할까?"

시작부터 난관이 예상되었다. 시몬이 두 눈을 동그랗게 뜨고 나를 쳐다보았다. 나와 똑같은 생각을 하고 있는 게 분명했다.

엄마는 동기 부여 문구를 광적으로 좋아했다. 예전에 살던 아파트에는 이런 포스터가 곳곳에 걸려 있었다. 예를 들면 테이블 모서리에 매달린 새끼 고양이 위에 "포기하지 마!"라는 글귀가, 불가사리와 성게, 굴 등등이 있는 바닷속 풍경에는 "어디에나 진주는 있다."라는 글귀가 적혀 있었다. 그러고 보니 우리가 전에 살던 아파트는 확실히······ 개성이 있었다.

하지만 지금은 상황이 달랐다. 새아빠의 취향은 좀 더 국제적
이었다. 거실 바닥에 서양 배 모양의 중국 꽃병과 언뜻 나무로 만
들어진 것처럼 보이지만 플라스틱으로 된 가면이 놓여 있었다.

"가면이 저를 쳐다보고 있어요."

내가 말했다.

"으응, 그건 그냥 시내에서 산 거야. 언젠가 사파리에 가고 싶
은 내 꿈을 떠올리게 해서 말이지. 나는 쟤를 프레드라고 불러."

새아빠가 빙긋 웃으며 대꾸했다. 거실 바닥에는 그것 말고도
정체를 알 수 없는 물건이 더 있었다.

"저는 저걸 '소름'이라고 부르고 싶네요."

시몬이 중얼거리자 나는 짐짓 이렇게 말했다.

"저기, 핫초코에 마시멜로를 조금 더 넣어 주실 수 있을까요?
그러면 영감이 더 잘 떠오를 것 같아서요."

새아빠가 자리를 뜨자마자, 시몬과 나는 입을 떡 벌린 채 서로
를 바라보았다. 엄마의 동기 부여 포스터와 새아빠의 국제적인
예술 작품은 함께 있기에 너무나도 어울리지 않았다.

"이렇게까지 안 어울릴 줄은 몰랐어."

내 말에 시몬이 한숨을 푹 내쉬었다.

"이건 안 어울리는 정도가 아니야. 끔찍한 수준이지. 게다가 문
화적으로 뭔가 부적절틱한 것도 있어."

"맞아, 문화적 전유······."

우리는 작년에 학교에서 '문화적 전유'를 배웠다. 한 문화의 상징물을 기념품점에서 사 와 장식품으로 사용하는 건 올바른 행동이 아니라는 얘기였다. 그건 특정 문화에 대한 고정관념을 사는 행위니까. 그리고 정통 예술가들이 제대로 돈을 벌지 못하는 문제도 야기했다. 하지만 새아빠는 중학교 2학년 때 이런 걸 배우지 않았을 것 아닌가.

> 우리 엄마가 완벽한 남자를 찾았다고 생각했어요.
> 이런 일이 벌어지기 전까지는요!

이 이야기를 유튜브에 올리면 조회 수가 엄청나겠지만, 이런 상황을 세상에 다 까발릴 수는 없었다. 그러기에는 너무나 창피했다.

잠시 후 새아빠가 김이 모락모락 나는 머그잔을 들고 돌아왔다.

"핫초코 두 잔을 리필해 왔어. 마시멜로도 듬뿍 넣었지. 더 마시고 싶으면 얼마든지 말해."

"핫초코! 핫초코! 핫초코!"

마침 그때, 오션이 현관문을 열고 들어왔다. 오션은 거실로 뛰어 들어와 새아빠 품에 덥석 안겼다.

"핫초코 만들었어요?"

"일찍 돌아왔구나. 새엄마는?"

"먹을 거 사러 갔어요. 삼십 분 후에 온대요."

"그래, 알았다. 바로 핫초코 한 잔 더 준비할게."

"핫초코! 핫초코!"

오션은 새아빠가 나가자마자, 예술 작품들 사이로 껑충껑충 뛰어다니기 시작했다. 그러다 그만 발을 헛디디고 말았다.

"으아악!"

가면 하나가 부러지면서 엄마 액자 위로 뚝 떨어졌다.

"아이고, 이런! 괜찮아?"

새아빠가 오션의 비명을 듣고 급히 돌아왔다. 그러고는 울고 있는 오션을 안아 들고 조심스럽게 소파에 앉혔다.

"내가 프레드를 망가뜨렸어요."

"그래, 네가 가장 좋아하는 가면인데……. 괜찮아, 쓸 수 있어."

새아빠는 부드럽게 대꾸하고는 시계를 보며 말을 이었다.

"너희 엄마를 깜짝 놀라게 해 주려면 더 서둘러야겠는걸?"

시몬이 가면을 전부 현관 벽 쪽에 걸어 두자고 제안했다.

"이렇게 하면 컬렉션 전체를 한눈에 감상할 수 있어요."

새아빠는 곧장 가면들을 그쪽으로 옮기기 시작했다.

"아주 로맨틱하구나. 마음에 들어."

새아빠가 만족스러운 미소를 지으며 말했다. 글쎄, 로맨틱할 수도 있고, 둘의 관계가 완전히 끝장날 수도 있고.

그 순간, 현관문이 열리면서 무언가가 바닥에 쿵 떨어지는 소리가 들렸다. 뒤이어 놀란 숨소리와 비명이 섞인 묘한 소리가 났다. 우리는 다 같이 현관으로 달려갔다. 엄마가 한 손을 가슴에 얹은 채 멍하니 서 있었다. 장바구니가 발치에 떨어져 있었고, 그 안에서 사과가 굴러 나오고 있었다.

"괜찮아?"

새아빠가 다급하게 물었다. 그러자 엄마가 어색한 미소를 지으며 대답했다.

"응, 괜찮아. 그런데 이렇게 대단한 환영단이 나를 기다리고 있을 줄은 미처 몰랐네."

사실이었다. 가면들의 존재감은 실로 강렬했다.

"그런데 이거, 플라스틱이야?"

"그 애 이름은 프레드예요."

오션이 말했다. 엄마는 나를 바라보았다. 마치 내가 대신 무언가를 말해 주길 바라는 듯한 눈빛이었다. 그러니까 현관에 플라스틱 가면을 걸어 두는 게 그다지 좋은 생각이 아니라고 설명해 주길 바라는 것 같다고나 할까.

하지만 새아빠랑 오션이랑 함께 살기로 결정한 건 내가 아니었다. 이런 문제가 생길 수도 있다는 걸 엄마 스스로 미리 생각했어야 했다.

"어서 와. 집을 예쁘게 꾸며서 깜짝 놀라게 해 주고 싶었거든."

"깜짝 놀라기는 했어."

새아빠 말에 엄마가 힘없이 대답했다.

"당신 포스터들도 다 걸었어."

"거실에 내 바다 포스터를 걸었단 말이야?"

"아, 그건……, 약간의 사고가 있었어."

"내 바다 포스터에?"

엄마는 여전히 미소를 짓고 있었지만, 목소리에선 전혀 행복한 기색이 느껴지지 않았다.

그때 시몬이 끼어들었다.

"저는 이만 가 봐야겠네요. 안녕히 계세요. 아, 핫초코 잘 마셨어요. 감사합니다. 오션, 만나서 반가웠다."

"잠깐만, 분홍색이랑 회갈색이……, 어떻다고 했지?"

새아빠가 다급하게 외쳤다. 하지만 시몬은 이미 밖으로 나간 뒤였다. 결국 우리 넷은 서로를 멀뚱멀뚱 바라보며 우두커니 서 있었다. 아니, 아홉이었다. 현관의 가면들까지 포함하면.

나는 저녁 식사를 위해 식탁을 차렸다. 그러고는 오늘 저녁 메뉴가 비건 음식인지 물어보려고 새아빠를 찾았다.

새아빠는 부엌에서 부서진 액자를 붙이고 있는 엄마 옆에 한껏 미안한 표정으로 앉아 있었다. 마치 비둘기가 구구구 우는 것처럼 보였다.

나는 둘을 방해하고 싶지 않아서 거실로 돌아가 소파에 앉았다. 아샤의 인스타그램 피드에 들어가 보니, 샴푸 비누를 써서 플라스틱 사용을 줄이자는 게시물을 리포스팅한 게 보였다.

당장 샴푸 비누를 사야겠다는 생각이 들었다. 그러고 나서 그샴푸 비누로 머리 감는 사진을 찍어 올리면서 아샤를 태그해야지. 운이 좋으면 아샤가 우리 학교에 오기 전에 SNS 친구가 될지도 몰랐다.

내가 쓴 기후 행진 기사에 대해 아샤가 어떤 조언을 해 줄지 궁금했다. 자신의 콘텐츠와 후원 업체 사이의 균형을 유지하기 위해서는 뭔가 나름의 전략이 있을 터였다.

내 게시물 중 하나가 입소문이 나서 아샤의 관심을 끌게 된다면 얼마나 좋을까? 팔로워가 겨우 서른 명밖에 안 돼서 그런 일이 일어날 리는 절대 없겠지만.

오, 다시 확인해 보니 서른두 명으로 늘어나 있었다! 한 명은 아멜리였고, 다른 한 명은 프로필에 사진을 등록해 놓지 않아 좀 수상해 보였다. 잠깐, 그렇다면 나도 수상쩍어 보이지 않을까? 사람들이 나를 팔로우하지 않는 이유가 그것 때문일지도 모른다는 생각이 들었다.

셀카를 올릴 수 없다는 게 문제였다. 엄마를 설득해서 마음을 바꾸도록 해야 했다, 지금 당장. 나는 얼른 부엌으로 달려갔다. 창문 너머로 엄마가 집 밖 인도에서 이웃 사람과 이야기를 나누고 있는 게 보였다.

집 밖으로 나가자, 오션과 잭슨이 소리를 지르며 인도를 질주하고 있었다. 헉, 세상에! 오션이 잭슨의 전동 휠체어 뒤에 매달려 있었다.

잭슨 엄마가 내게 말했다.

"어제 새 휠체어가 왔거든. 그래서 그런지 엄청 신난 것 같아.

오랜만에 신나게 노는 걸 보니까 기분이 좋네."

나는 예의상 고개를 끄덕였지만, 다른 사람들도 그렇게 생각할지는 의문이었다.

"속도를 좀 줄이라고 해야 하지 않을까요? 잭슨이 다칠까 봐 그래요."

엄마가 잭슨 엄마에게 걱정스러운 표정으로 물었다.

"그래도 잠깐만 더 놀게 하죠. 둘이 정말 즐거워 보이잖아요."

이 소란이 최소한 오 분은 더 지속되겠군. 어쩌면 내게는 이것이 기회일지도 몰랐다. 나는 소음이 조금 잦아들기를 기다렸다가 말했다.

"엄마, 아샤 자밀이 우리 학교에 온다고 했던 거 기억나요?"

"뭐, 누구?"

나는 얼굴을 찡그리지 않으려고 애썼다. 얼마 전에 엄마에게 아샤가 학교에 온다는 이야기를 해 주었다. 그때 엄마는 새아빠와 옷장의 공간을 어떻게 나눌지 의논하고 있었다.

"아샤 자밀? 혹시 그 TV 프로그램에서 우주 비행사 역할을 했던 사람?"

잭슨 엄마가 물었다.

"맞아요! 그 아샤 자밀이 우리 학교에 오는데, 아마도 제가 학교 안내를 하게 될 것 같아요."

나는 은근히 희망을 품으며 말했다.

"그것참, 멋지……."

잭슨 엄마가 말을 채 끝맺기 전에, 잭슨의 전동 휠체어가 인도와 차도의 경계석에 쾅 부딪혔다. 두 엄마는 숨을 헉 들이마시며 가슴에 손을 얹었다. 휠체어가 점점 기울어지더니, 도로에 픽 쓰러지면서 또다시 소리가 크게 울렸다. 엄마들은 누구랄 것도 없이 곧장 그쪽으로 달려갔다.

나도 급히 뒤따라갔다. 엄마들은 휠체어를 똑바로 세우려 애썼다. 그나마 휠체어는 멀쩡해 보였다. 나는 엄마들을 도와 휠체어를 인도에 올려놓았다. 아이들은 인도에 주저앉아 정신없이 웃고 있었다.

잭슨 엄마가 나무랐다.

"잭슨, 이건 웃을 일이 아니야. 재미있게 노는 건 좋지만, 이 휠체어가 얼마나 비싼 건지 알잖니? 앞으로는 절대 그러지 마, 응?"

오션의 손바닥에서 피가 묻어 나오고 있었다. 잭슨은 팔꿈치가 긁히고 무릎에서 약간 피가 났지만, 다행히 그 외에는 괜찮아 보였다. 잭슨 엄마가 잭슨을 휠체어에 들어 올려 앉혔다.

엄마는 오션의 팔꿈치를 꽉 잡고 집 안으로 들어갔다.

오션이 말했다.

"잭슨은 뇌성마비가 있어요. 그건 다리를 잘 움직이지 못한다는 거지, 뇌가 제대로 움직이지 않는다는 뜻은 아니래요. 내가 물어봤어요."

"오션……."

엄마는 갑자기 두통이 온 것처럼 손으로 머리를 짚었다.

"왜요?"

오션이 묻자 엄마가 한숨을 푹 내쉬었다.

"몇 분이라도 조용히 있을 순 없겠니, 응?"

"오랫동안도 조용히 있을 수 있어요. 그러면 보통은 아빠가 1달러를 주지만요."

"그래, 알았다."

오션이 다행히도 입을 다물었다.

그 틈을 타, 나는 모험을 해 보기로 했다.

"엄마, 이제 이 주 후면 아샤 자밀이 학교에 올 거예요. 그러면 나를 포함해서 몇몇 학생이 직접 아샤와 이야기를 나누게 될 텐데, 그날이 오기 전에 아샤한테 몇 가지 조언을 구해야 할 것 같아요."

"그래, 잘됐구나."

"그러려면 인스타그램 프로필에 제 사진을 올려서 아샤를 태그해야 할 것 같아요. 미리 아샤와 관계를 잘 다져 놓기 위해서요."

"뭐라고?"

엄마가 당황스런 표정으로 되물었다.

"아샤의 관심을 끌 방법이 필요해요. 그래야 조언을 받을 수 있잖아요. 이건 제 경력을 한 단계 성장시킬 기회이기도 해요."

"네 경력이라고?"

엄마가 뚝뚝하게 대꾸했다.

"아샤가 홍보하는 제품들을 영상으로 찍어서 올리면……."

바로 그때, 오션이 계단 쪽으로 뛰기 시작했다. 엄마는 재빨리 오션의 셔츠 뒷자락을 잡아챘다.

"여기 가만히 있어."

엄마가 오션에게 단호히 말했다. 그러고는 나를 바라보았다.

"너, 고등학교 들어가기 전까지는 셀카 금지야."

엄마는 다시 오션에게로 시선을 돌렸다.

"손에 난 상처부터 닦고 아빠한테 가자."

엄마랑 오션은 그렇게 휙 가 버렸다.

이런 상황은 정말 안타까운 일이지만, 훗날 드라마틱한 유튜브 기사나 영상 시리즈로 쓰기에는 좋은 소재가 될 것 같았다. 사람들은 이렇듯 곤경에 빠진 이야기를 좋아하니까.

그러면 나는 그때 이렇게 말할 것이다.

"엄마의 마음을 돌리는 데 꼬박 일주일이 걸렸어요."

물론, 내가 엄마를 설득할 수 있다면.

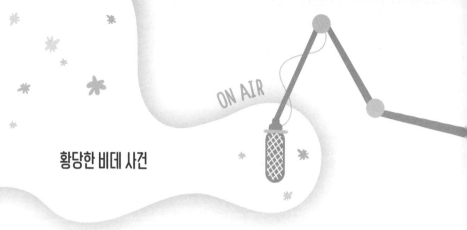

황당한 비데 사건

　금요일 아침, 나는 학교에 도착하자마자 곧장 도서관으로 향했다. 어젯밤에 새아빠는 기후 변화를 다룬 다큐멘터리를 보고 있었다. 나는 숙제를 하느라고 TV 화면을 제대로 보지는 못했지만 소리만큼은 충분히 들었다. 태풍이 올까 봐 걱정하다가 한밤중에 잠이 깰 만큼.

　잠에서 깬 김에 나의 미미한 SNS 영향력과 기후 행진에 대한 이야기가 검열된 일에 대해 곰곰이 생각해 보았다. 언론의 자유를 침해하다니! 이건 정말 불공정한 일이었다. 기후 행진에 참여하자고 말하는 건 학교를 빼먹고 슬러시를 사러 가자고 이야기하는 것과는 차원이 다른 거였다.

　게다가 채드윅 선생님은 도서관의 사서 교사였다. 표현의 자유와 자유로운 토론을 그 누구보다 중요히 여겨야 할 사람이 아닌가. 나는 바로 이 점을 채드윅 선생님한테 아주 정중하게 이야기하기로 마음먹었다.

그런데 학교에 와서도 잠이 덜 깬 걸까? 나는 채드윅 선생님한테 다짜고짜 이렇게 말해 버렸다.

"선생님, 제가 생각하고 또 생각해 봤는데요. 선생님이 기후 행진 영상 업로드를 취소하신 건 매우 불공정한 일 같아요."

"조금 전에 '기후 행진 영상'이라고 했니?"

채드윅 선생님 옆에 앉아 있던 플로레스 선생님이 물었다.

"채드윅 선생님이 기후 행진 영상을 '시더뷰 톡톡'에 올리지 못하게 하셨어요. 학생들이 수업을 빼먹고 기후 행진에 참여하도록 유도할 수 있기 때문이래요."

그러자 플로레스 선생님이 눈썹을 치켜올리며 채드윅 선생님을 돌아보았다. 채드윅 선생님이 뭐라고 중얼거렸는데, 교장 선생님 이름이 잠깐 들린 것 같았다.

"지난번 후원 업체와는 아무 상관 없는 일이죠. 그렇죠?"

플로레스 선생님이 물었다. 하지만 말투에서 이미 의심을 품고 있다는 게 느껴졌다.

"저도 그게 궁금해요!"

나도 거들었다.

"시기가 의심스럽다는 건 저도 인정해요. 하지만 교장 선생님 말씀도 일리가 있어요. 우리 학교 학생들은 아직 어리고, 또 예산이······."

채드윅 선생님이 마지못한 얼굴로 대답했다.

"흐음······."

플로레스 선생님이 짧게 소리를 냈다. 어떤 사람들은 소리 하나에 아주 많은 의미를 담기도 한다. 플로레스 선생님은 자리에서 일어나 내 어깨를 가볍게 두드리고는 이렇게 말하며 지나갔다.

"정의를 위해 계속 싸우도록 해."

나는 울적해 보이는 채드윅 선생님에게 고개를 조아리며 사과했다.

"이런 식으로 말씀드려서 죄송해요."

채드윅 선생님이 한숨을 내쉬며 물었다.

"내가 어떻게 해 줬으면 좋겠니?"

"다음 주 '시더뷰 톡톡'에 기후 행진 영상을 올릴 수 있게 해 주세요! 교장 선생님과 다시 이야기해 보실 수 있잖아요?"

채드윅 선생님은 고개를 가로저었다.

"그것과 관련된 일이라면 나보다는 네가 더 잘 설득할 수 있을 거야. 네가 직접 교장 선생님께 말씀드려 보는 게 어때?"

나는 채드윅 선생님을 멀거니 바라보았다. 아, 진짜! 교장 선생님과 직접 이야기하고 싶지 않아서 여기로 찾아온 건데.

나는 오전 내내, 머릿속으로 교장 선생님을 찾아가 '시더뷰 톡톡'에 기후 행진 영상을 올릴 수 있게 해 달라고 설득하는 장면을 그려 보았다. 교장 선생님을 설득하기 위해선 뭔가 강력한 말이 필요했다. 이 기후 행진이 후원 업체인 CA에너지보다 더 중요하다고 납득시킬 만큼 강력한 그 무엇이.

점심시간이 되자, 나는 다른 문제로 머리가 또다시 복잡해졌다. 새아빠가 점심으로 햄 샌드위치를 싸 주었기 때문이다. 사실 나는 새아빠한테 비건이 되기로 했다고 말하지 않았다. 그 누구보다 환경 보호에 진심이긴 했지만, 새아빠가 만들어 준 햄 요리가 너무나 맛있어서였다.

그래서 오늘 아침에 새아빠가 내 도시락 가방에 햄 샌드위치를 넣는 걸 보면서도, 햄 대신 당근을 넣어 달라고 부탁하지 못했다. 사실 누가 점심으로 당근 샌드위치를 먹고 싶어 하겠는가. 정말이지 나는 형편없는 비건이었다. 아니다, 그렇지 않았다. 지금은 그저 과도기에 놓여 있을 뿐이었다.

오늘은 혼자 조용히 점심을 먹는 편이 나을 것 같았다. 시몬과 아멜리가 화장실에 간 사이, 나는 사물함에서 도시락 가방을 꺼낸 다음 도서관으로 향했다.

그러고 나서 거대한 어항 뒤에 있는 안락의자에 자리를 잡았다. 빈백 의자 하나를 끌어와 다리를 받친 다음 책 한 권을 무릎에 세워 펼쳤다. 책 뒤에 휴대폰과 도시락 가방을 숨길 수 있게.

나는 샌드위치를 한 입 베어 물었다. 황홀한 기분이 들 정도로 맛있었다. 그다음에는 휴대폰을 꺼낸 뒤 인스타그램에 들어가 아샤의 하루를 확인했다. 아샤는 지속 가능한 패션 브랜드 매장에서 쇼핑 중이었다. 그 옷들은 시몬이 꿈꾸는 디자인이었지만, 솔직히 시몬의 스케치북 속 작품들에 비하면 한참 부족해 보였다.

나는 댓글 버튼을 눌렀다.

@realAshaJamil 제 친구 @SustainableSimone이 훗날 어떤 패션 디자인을 선보일지 기대해 주세요. 정말로 감동하실 거예요.

나는 작년에 시몬이 수업 시간에 만든 반지를 끼고 있었다. 그 반지를 얼굴 가까이에 대고 셀카를 찍었다. 그런 다음 사진에 설명을 추가했다.

@realAshaJamil 제가 가장 좋아하는 @SustainableSimone의 디자인이에요.

'삭제' 버튼을 막 누르려는 찰나, 지난번처럼 부스럭거리는 소리가 들렸다. 책 너머로 얼굴을 빼꼼 내밀자 실험복을 입은 마커스가 서 있었다. 가슴팍 쪽 주머니 위로 물방울무늬 손수건이 삐죽 나와 있었다.

"패션 감각이 좋네. 근데 여기서 뭐 하는 거야?"

내가 물었다. 마커스는 한 발짝 다가와 책 안쪽으로 고개를 내밀었다. 나는 샌드위치를 집어 도시락 가방에 넣으려다 그만 실수로 휴대폰을 툭 치고 말았다. 그와 동시에, 엄지손가락이 화면의 게시 버튼을 스쳤다.

"오, 안 돼!"

"왜 그래?"

마커스의 눈이 동그랗게 커졌다.

"인스타그램에 셀카를 올려 버렸어."

"나쁜 거야?"

"아니……, 꼭 그런 건 아닌데."

배가 꼬이듯이 아파 왔다. 초등학교 3학년 때, 소파에 주스를 쏟은 걸 숨기려고 쿠션을 뒤집어 놓았을 때처럼.

다행히 배의 통증은 금방 사라졌다. 엄마가 혹시 눈치채더라도 이 상황을 잘 설명하면 될 듯했다. 지난주에 내 휴대폰을 확인했으니, 아마도 당분간은 보지 않을 것 같기도 했다.

"그런데 마커스, 실험복은 왜 입고 있는 거야?"

"나는 과학자니까. 누나는 화성으로 이주하는 것에 대해 어떻게 생각해?"

마커스 손에 아샤의 책이 들려 있었다. 지난번에 도서관에서 내가 건네준 바로 그 책이었다.

"좀 황량하지 않을까? 공기도 없고, 나무도 없고, 쇼핑몰도 없잖아."

마커스가 빈백 의자에 털썩 주저앉으며 말했다.

"나도 알아. 하지만 어떻게 살아남아야 할지 모르겠어서 고민이야."

"살아남는다고? 대체 뭘로부터?"

"심각한 기후 재앙!"

마커스가 손가락으로 책을 콕콕 찌르면서 말했다. 마커스는 눈을 잘 맞추지 못했다. 마치 어항 속의 커다란 금붕어, 페르세포네를 응시하고 있는 듯했다.

나는 도시락 가방과 책을 한쪽 옆으로 내려놓았다.

"아직은 이 상황을 좀 더 나아지게 할 시간이 남아 있어. 약간이긴 하지만."

"그런데 우리는 아무것도 하지 않잖아. 지구의 상황은 점점 나빠지고만 있는데."

마커스 말이 맞았다. 나는 희망적인 무언가를 떠올리려 애썼지만, 머릿속에서는 요즘 들어 부쩍 잦아진 산불과 태풍만 떠올랐다.

"지금 당장 뭔가를 해야 해."

마커스는 이렇게 말하고는 또 한 번 손가락으로 책을 콕콕 찔렀다.

"다 같이 바꿔 나가야 해."

이건 좀 과장되게 들렸다. 그렇다고 우리가 할 수 있는 일이 없는 건 아니었다.

"마커스, 인플루언서가 뭔지 알아?"

마커스가 고개를 저었다.

"SNS를 통해 사람들의 생각을 바꾸는 사람들이야. 나는 나중에 그런 사람이 될 거야. 인스타그램에 내 셀카를 올릴 수만 있다면 말이지."

"그럼 빨리 시작해야겠네."

"음, 그런데 안 돼. 우리 엄마는 우리가 아직 1800년대에 살고 있다고 생각하시는 것 같거든."

마커스가 혼란스러운 표정을 지었다.

"지금 이 순간에도 자신의 영향력을 발휘하고 있는 사람들이 있어. 아샤 자밀이 우리 학교에 온다는 거 알고 있지? 아샤는 사람들을 설득해서 지구를 구하려 애쓰고 있지. 나도 꼭 그렇게 할 거야."

"배우가 되겠다는 거야?"

"아니. 물론 아샤는 아주 유명한 배우라서 영향력이 훨씬 더 크지. 나는 앞으로 인플루언서가 되어서 영향력을 가지려고 해."

나는 갑자기 가슴이 벅차올랐다. 내가 놓치고 있던 부분을 깨달았기 때문이다. 그건 바로 기후 변화와 인플루언서로서의 내 역할 사이의 연결 고리였다.

그랬다! 이게 바로 나의 큰 이슈가 될 것이다. 나는 패션, 요리, 인테리어 디자인 등등, 이 모든 것을 환경이라는 렌즈를 통해 보는 인플루언서가 될 것이다. 이른바 그린플루언서!

이건 내 SNS 활동의 방향성을 더 명확히 해 줄 것이고, 팔로워들에게도 영감을 줄 것이다. 시몬의 지속 가능한 패션 브랜드와도 자연스럽게 연결되겠지.

인플루언서 활동은 수학과도 같았다. 알고리즘은 사람들에게 '좋아요'와 '공유'가 많은 게시물을 보여 주었다. 그러니까 이 알고리즘 자체가 바로 수학 공식인 셈이었다. 인플루언서들이 팀을 이루어 활동하면 서로의 인기를 더 높일 수 있는 것도 다 그러한 원리 때문이었다.

기후 변화를 나의 주요 이슈로 삼는다면, 아멜리의 비건 동아리는 내 제국의 작은 지부처럼 보일 터였다. 그렇게 되면 아멜리는 기후 행동이라는 내 거대한 우산 아래 작은 웅덩이 같은 존재가 되겠지?

생각만 해도 멋졌다! 지금 당장 마커스를 안아 주고 싶었지만, 그렇게 하면 마커스가 겁을 먹을 것 같았다. 그래도 뭔가 좋은 일을 해 주고 싶었다.

"마커스, 너 그레타 툰베리 알지? 자폐 스펙트럼이 있는……. 지구를 구하는 방법에 관한 책도 썼는데."

"재미있을 것 같네."

"내가 그 책 찾아 줄게."

안타깝게도 하필이면 바로 그 순간에 롭 선생님이 나타났다.

"마커스! 너를 찾으려고 온 학교를 다 돌아다녔어. 오늘 병원 예약 있잖아. 그래서 엄마가 이따 학교로 오시기로 했고."

"나는 기후 변화를 해결하고 의사들을 없애는 데 내 영향력을 쓰고 싶어."

마커스가 마치 백 살 노인처럼 깊은 한숨을 내쉬며 말했다.

"그 두 가지를 내 첫 번째 캠페인으로 삼을게. 일단 내가 프로가 되면……."

나는 마커스에게 진지한 마음으로 약속했다.

롭 선생님이 마커스를 데리고 나가다 말고 뒤를 돌아보며 고개를 까닥였다. 마치 내가 마커스의 하루를 구해 준 것처럼. 사실은 마커스가 나의 하루를 구해 준 거였는데.

토요일 아침, 나는 인스타그램에 들어갔다가, 시몬이 아멜리의 게시물을 리포스팅했다는 걸 알게 되었다.

♥ 💬 ✈

비건 프렌치토스트 : 코코넛 밀크가 들어간 줄은 꿈에도 모를 거예요.

시몬은 내일 비건 프렌치토스트를 만들어 볼 거라고 했다. 아니, 언제부터 시몬이 요리를 했지? 다니엘라는 이미 그 게시물에 '좋아요'를 눌렀다. 나는 혼자서 구시렁거리다가 따라서 '좋아요'를 눌렀다. 친구들을 무시하는 것처럼 보이지는 말아야 하니까.

나는 휴대폰을 옆으로 던져 두고 교장 선생님과의 면담을 준비하기 위해 공책을 펼쳤다. 무슨 일이 있어도 월요일 아침에는 반드시 면담을 해야 했다.

1. 정중하지만 단호하게

그런데 더 이상 생각이 떠오르지 않았다. 나는 책장에서《에티켓》을 꺼내 비즈니스 관련 장을 펼쳤다. 에밀리 포스트는 비즈니스 미팅을 할 때, 세련된 모습을 보이는 게 좋다고 했다.

2. 세련되게 행동할 것

2번은 크게 도움이 될 것 같지는 않았다. 이제 남은 항목은 이것뿐이었다.

3. 기후 행진은 좋은 것이고, 검열은 좋지 않은 거라는 사실을 일깨워서 교장 선생님 설득하기

다행히 주말이 껴 있어서 세부 사항을 좀 더 고민할 시간이 있었다. 나는 한숨을 쉬며 공책을 덮고는 다시 인스타그램에 들어갔다. 팔레트 픽시의 새로운 영상이 올라와 있었다. 어떻게 하면 자신의 영향력을 오랫동안 유지할 수 있는지 알려 주고 있었다.

내 브랜드 정체성을 어떻게 개발할지 한창 적고 있을 때, 엄마가 방 안으로 얼굴을 불쑥 내밀었다.

"오션 좀 봐줄래? 조명 가게 문 닫기 전에 얼른 갔다 와야 해서. 새아빠한테 내가 찾아낸 조명들을 보여 주고 싶거든."

"그런데 전 지금 해야 할 일이 많아요."

내가 말했다.

"오션은 혼자서도 잘 놀아. 그러니까 그냥 지켜보기만 해. 잭슨이랑 또 휠체어 경주를 할까 봐 걱정돼서 그래."

"알겠어요."

그 정도는 할 수 있을 것 같았다. 반짝반짝 빛나는 내 미래를 계획하면서도 말이다. 그런데 엄마가 갑작스레 이렇게 덧붙였다.

"아, 청소기도 좀 돌려 줘. 알았지?"

내가 뭐라 항의하기도 전에 엄마는 방문을 닫고 가 버렸다. 침대에서 몸을 막 일으켰을 때쯤, 오션이 내 방으로 들어와 강아지처럼 깡충깡충 뛰었다.

"우리, 이제 뭐 해? 우리, 이제 뭐 해?"

"너는 혼자서 놀 거고, 나는 청소기를 돌릴 거야."

오션은 금방 시무룩해졌다.

"게임을 한 판 정도 할 수는 있어. 청소기를 먼저 돌린 다음에."

나는 마지못해 이렇게 말했다.

"좋아, 내가 태블릿 가져올게. 뱀파이어랑 늑대 인간이 나오는 게임이 있어. 누나가 늑대 인간 해."

오션이 자기 방 쪽으로 뛰어가며 말했다.

나는 청소기를 들고 오르락내리락하며 집 안 곳곳을 청소했다. 지하에 있는 침실로 내려가자, 오션이 태블릿를 발밑에 내려놓은 채 화장실 문 앞에 서서 전등을 켰다 껐다 했다. 나는 오션이 무엇을 보고 있는지 알아채었다. 이전 세입자들이 설치해 둔 비데였다.

"이 엉덩이 세척기, 꼭 해 볼 거야."

오션이 큰 소리로 말했다.

"안 돼!"

오션은 화장실로 미끄러지듯 들어가 문을 쾅 닫아 버렸다. 잠시 후 소변 보는 소리가 들리는가 싶더니, 짧은 비명과 함께 웃음소리가 터져 나왔다.

그러다 곧 바지를 추켜올리며 문을 열고 나왔다. 녀석은 나를 화장실 안으로 밀어 넣으려 애를 쓰며 말했다.

"누나도 한번 해 봐."

"왜? 내가 왜 그래야 하는데?"

"새로운 경험은 좋은 거니까."

이건 엄마가 늘 하는 말이었다.

"아빠가 그러는데, 아시아랑 유럽에서는 비데를 쓴대."

오션의 말에 나는 잠시 망설였다. 시몬의 말로는, 한국에 사는 할머니 집에 비데가 있다고 했다. 어쩌면 시몬은 비데 사용법을 알고 있을지도 몰랐다. 시몬과 내가 훗날 유명한 패션 디자이너와 인플루언서가 되면, 둘이서 함께 세계 곳곳으로 여행을 다닐 것이다. 런던, 베를린, 파리, 홍콩, 서울……. 이 복잡하고도 세련된 도시들을 여행하려면 지금부터라도 다양한 문화를 경험해 보는 게 좋을 것도 같았다.

내가 망설이는 동안, 오션은 나를 화장실 안으로 밀어 넣고 문을 쾅 닫았다. 그런 다음 몸을 문에 기대어 막은 채 소리쳤다.

"비데를 쓰기 전까지는 거기서 절대로 못 나와!"

나보다 한참 어린데도 이상할 만큼 힘이 셌다. 나는 문을 쾅쾅 두드렸다. 하지만 오션은 꿈쩍도 하지 않았다.

"여기서 내보내 줘, 어서!"

"싫어!"

"문 열어, 당장!"

"싫어!"

오션과 한참 동안 실랑이를 벌이다가 결국엔 포기하고 말았다.

변기 시트를 보니, 푹신하고 따뜻해 보였다. 휴지를 쓰지 않아서 친환경적이기도 했다. 나는 애써 스스로를 설득했다. 그리고 소변을 보았다. 그런 다음, 플라스틱 통에서 리모컨을 꺼내 '자동' 버튼을 눌렀다.

그 순간, 나도 모르게 비명이 터져 나왔다. 물살이 엉뚱한 곳으로 뻗어 나가고 있었다.

"이거, 어떻게 꺼? 어떻게 끄는 거야, 응?"

"자동으로 꺼져!"

"안 꺼져! 안 멈춘단 말이야!"

나는 반나체로 변기와 물총 싸움을 벌였다.

"이거, 왜 안 멈추는 거야?"

"내가 들어가도 돼?"

"안 돼!"

"아빠한테 전화할까?"

"안 돼!"

"그럼 어떻게 할 건데?"

나는 뭐라도 해야 했다. 급한 마음에 자리에서 벌떡 일어나자 물총도 덩달아 멈추었다.

"멈췄어!"

나는 크게 소리쳤다. 옷을 마저 입고 손을 씻은 다음 밖으로 나가 보니, 오션은 카펫에 길게 드러누워 있었다. 얼마나 웃었는지 눈물이 줄줄 흘렀다.

"리모컨 쓸 줄 몰라? 진짜 웃겼어, 진짜로!"

나는 오션에게 몸을 숙이며 말했다.

"다른 사람들한테 이야기하면……."

"아니, 난 다 말할 거야! 태블릿에 녹음도 해 놨다고."

순간, 비데의 물총에서 느꼈던 얼음장 같은 냉기보다 더 차가운 공포가 내 몸을 관통했다. 나는 오션을 똑바로 바라보았다. 오션은 몸을 일으켜 소파에 앉은 뒤에도 여전히 웃음을 멈추지 않았다.

"당장 녹음한 거 지워 줘. 그러면 늑대 인간 게임을 원하는 만큼 해 줄게."

오션은 아무 대답도 하지 않았다.

"그리고 10달러도 줄게."

나는 인스타그램에 영상을 올릴 수 있게 될 때 사용할 링 라이트 조명을 사기 위해 돈을 모으는 중이었다. 링 라이트 조명이 있으면 얼굴을 환하게 비출 수 있었다. 오션에게 돈을 주면 그만큼 구매가 늦어지겠지만, 지금은 무조건 비상 상황이었다.

오션은 웃음을 멈추더니, 고개를 한쪽으로 기울이며 말했다.

"나는 이걸 우리 아빠랑 누나네 엄마한테 언제든지 들려줄 수 있어. 그리고 잭슨한테도!"

이 세상에 여덟 살짜리 두 꼬마가 내 첫 비데 경험에 대해 이러쿵저러쿵 떠드는 것보다 더 끔찍한 일은 없을 것이다.

"15달러."

내가 말했다.

"좋아, 그리고 나한테 조금 더 갚도록 해."

"뭘?"

"아직은 몰라. 나중에 필요할 때 말할게."

"좋아."

"그럼 거래 성사?"

"그래, 거래 성사."

"근데 아까 목소리가 얼마나 웃겼는지 알아?"

나는 오션이 태블릿에서 녹음 파일을 삭제하는 걸 지켜보았다. 그런 다음 이를 악물고 청소기를 집어 든 뒤 계단을 쿵쿵쿵 올라갔다. 문득 뒤를 돌아보니, 오션이 여전히 키득키득 웃고 있었다.

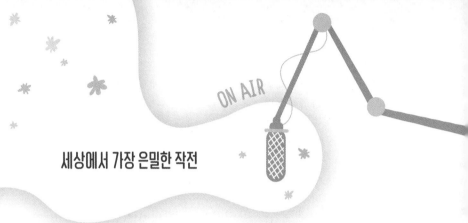

세상에서 가장 은밀한 작전

일요일 아침, 엄마와 함께 일찍 집을 나서서 알레그라 호텔로 향했다. 로비 근처에 있는 카페에서 나는 휘핑크림이 잔뜩 올라간 화이트 초콜릿 모카를 주문했다.

우리는 음료를 들고 엘리베이터 쪽으로 걸어갔다. 알레그라 호텔에는 유명인들이 종종 묵었다. 최고급 호텔만큼 화려하지는 않지만, 직원들 모두가 손님들이 이곳을 자기 집처럼 편안하게 느낄 수 있도록 열심히 노력했다. 엄마는 이 호텔에서 '특별한 경험'을 제공한다고 자부했다.

엘리베이터에서 내리자마자, 객실 관리 책임자인 야나 아줌마와 마주쳤다. 아줌마는 인사할 틈도 없이 내 얼굴을 두 손으로 잡은 채 볼에다 뽀뽀를 날렸다.

"볼 때마다 키가 자라 있는걸!"

아줌마가 앞치마 주머니에서 은박지에 싸인 초콜릿을 한 움큼 꺼내 내게 건넸다.

엄마는 야나나 아줌마에게 내가 얼마나 야무지고 똑똑한지 한참 동안 자랑을 늘어놓았다. 나는 쥐구멍에라도 숨고 싶을 만큼 민망했지만 별수가 없었다.

그러고 나서 우리는 엄마 사무실로 향했다. 엄마는 책상에 앉아 컴퓨터를 켰고, 나는 푹신한 에메랄드색 소파에 앉아 몸을 웅크렸다.

나무로 된 소파 팔걸이에는 아주 우아하고 고풍스런 장식이 조각되어 있었다. 마치 프랑스 저택에서 가져온 것처럼. 이곳은 내가 유명해진 후 베스트 셀러를 집필하는 모습을 상상하기에 딱 알맞은 장소였다.

나는 숨을 깊게 들이마셨다. 여기서는 오션도, 비데 사건도 완전히 잊을 수 있었다. SNS에 셀카를 못 올리게 하는 엄마의 구식 사고방식까지도.

"오늘 아침에 해야 할 숙제 있니?"

엄마가 물었다.

"네, 이제 시작하려고요."

어젯밤에 막 잠들려던 순간, 유튜브에서 기후 행진 기사를 어떻게 다룰지에 대한 기가 막힌 아이디어가 떠올랐다. 나는 기후 행진 기사를 조언 코너로 위장해 내보낼 생각이었다. 대신에 이건 아주 은밀하게 진행되어야 했다.

나는 공책을 꺼내 대본을 쓰기 시작했다.

에밀리 다음 사연은 무엇인가요?

시 몬 우리 애청자 중 한 분이 어려운 질문을 보내왔어요. 한번 읽
어 볼게요.

> 안녕하세요? 저는 좋은 사람이 되려고 노력하는 사람
> 이에요. 정말로요. 그런데 선한 일을 하려고 할 때 규
> 칙을 어겨야 한다면 어떻게 해야 할까요? 예를 들어
> 기후 행동을 위한 행사에 참여해야 하는데, 그 시각
> 에 학교에서 수업을 들어야 한다면? 이런 상황에 놓였
> 을 때, 선한 목적을 위해서라면 학교의 규칙을 어겨도
> 괜찮을까요?

에밀리 정말 좋은 질문이네요. 답을 찾기 위해 1920년대로 거슬러
올라가, 에티켓의 여왕인 에밀리 포스트의 조언을 참고
해 보도록 할까요? 에밀리 포스트는 에티켓에는 단순히
포크를 올바르게 사용하는 것 이상의 의미가 담겨 있다
고 말했어요. 이를테면 윤리나 명예 같은 것들 말이죠.

시 몬 음……, 그게 정확히 무슨 뜻이죠?

에밀리 금요일 오후에 학교 수업을 빠지는 것과 같은 작은 일보

다, 기후 변화처럼 크고 중요한 일에 초점을 맞춰야 한다
는 거예요.

시몬   에밀리, 진짜 대단하네요. 여기 있는 에밀리와 에밀리
포스트 둘 다요!

에밀리   궁금한 게 있을 땐 무엇이든 물어보세요. 언제나 기꺼이
도와 드리죠. 자, 사연을 보내 주신 학생, 그날 꼭 학교
밖으로 나가서 세상을 바꾸도록 해요!

에밀리 포스터의 조언은 언제나 옳았다. 교장 선생님의 일방
적인 통보로 환경을 중시하는 인플루언서, 즉 그린플루언서로서
의 내 미래를 망가뜨릴 수는 없었다.

채드윅 선생님은 분명 내가 작성한 조언 코너의 대본을 읽지
않을 것이다. 그래서 기후 행진이 언급되었다는 사실을 눈치조
차 채지 못할 게 분명했다.

나는 고개를 들어 엄마를 바라보았다.

"엄마, 며칠 전에 제가 기후 행진에 대해 썼던 글 기억나요?"

"응, 기억나."

엄마가 컴퓨터에서 눈을 떼며 대답했다.

"기후 행진에 참여해도 돼요? 앞으로 십이 일 후예요. 그러니
까 10월 29일, 금요일이요. 시몬이랑 점심 먹고 학교에서 나와
시내까지 걸어갈 거예요. 휴대폰도 가져갈 거고요."

"오션이 같이 가고 싶어 할지 잘 모르겠네. 나는 갈 수 있을 것

같은데. 한 번쯤은 오후에 쉬는 것도 나쁘지 않지."

"꼭 오실 필요는 없어요."

예상치 못한 엄마의 대답에 눈이 저절로 커졌다. 나는 최대한 정중하게 말했다.

"집에 가서 새아빠랑도 이야기해 볼게. 이제 슬슬 집에 갈까? 아, 그래! 기후 행진 때 쓸 팻말을 만들자고 하면 오션이 무지 좋아하겠다!"

엄마가 미소를 활짝 지으며 말했다. 나는 한숨을 푹 내쉬었다. 에밀리 포스트는 중학교 생활을 어떻게 보내야 하는지, 여덟 살짜리 남동생을 어떻게 다뤄야 하는지는 알려 주지 않았다. 에밀리 포스트가 나를 실망시킨 건 이번이 처음이었다.

나는 저녁 시간을 틈 타 엄마와 새아빠에게 아샤 자밀과 함께할 학교 투어에 관해 이야기할 예정이었다. 그러면서 은근슬쩍 SNS에 셀카를 올려도 된다는 허락을 받아 낼 작정이었다.

"기후 행진에서 사진을 찍으면 좋을 것 같아요. 열심히 참여하고 있는 제 모습을 사람들한테 보여 주면……."

"그래, 흥미롭구나. 그런데 오션, 내일 안과 가는 거 잊지 말고. 내가 학교로 데리러 갈게."

엄마는 나를 쳐다보지도 않고 말했다. 나는 다시 한번 말을 꺼내 보기로 했다.

"그래서 제 사진을……."

엄마가 다시금 말을 끊었다.

"여보, 기후 행진에 가는 거 어떻게 생각해? 일하느라 바쁘기는 하지만, 잠깐 정도는 시간을 낼 수 있을 것 같은데."

내가 끼어들었다.

"엄마, 군이 그렇게까지 하실 필요는 없어요. 시몬이랑 둘이서 가볍게 갔다 오면 되니까."

하지만 아무도 내 말을 듣지 못했다. 오션이 포크로 음식을 뒤적이면서 탱크 소리를 내기 시작했기 때문이다. 이번에는 새아빠에게 질문을 던졌다.

"혹시 비건 음식을 만들어 본 적 있으세요? 제 점심을 비건식으로 싸 달라고 하면 좀 힘드실까요?"

"에밀리, 그동안 새아빠가 싸 주는 점심이 입에 맞지 않았니?"

엄마가 놀란 얼굴로 물었다.

"누나는 비건이 되고 싶대요! 누나는 비건이 되고 싶대요!"

오션이 타악기를 두드리듯 숟가락으로 플라스틱 용기를 세차게 내려치며 소리쳤다.

"오늘 만들어 준 고기 파이가 맛이 없었니? 난 정말 맛있게 먹었는데."

엄마가 한쪽 팔로 새아빠의 허리를 감싸며 말했다.

"물론 엄청 맛있었어요. 그런데 전학 온 친구가 비건 동아리를 만들었거든요. 다니엘라랑 시몬도 채식을 하기 시작했고요."

엄마는 시몬을 몇 년 전부터 알고 있었다. 다니엘라는 딱 한

번 만났는데, 어쩜 애가 그렇게 상냥하고 예의 바르냐며 며칠 동안 칭찬을 늘어놓았다.

"에밀리, 네가 채식에 진심이라면 충분히 이해할 수 있어. 하지만 나는 너를 남들이 한다고 무작정 따라 하는 아이로 키우지는 않은 것 같은데?"

그러자 새아빠가 입을 열었다.

"난 괜찮아. 또래 아이들과 어울리는 건 중요한 일이잖아."

엄마가 또다시 말했다.

"그리고 너만을 위해 점심을 따로 만들어 달라고 부탁하는 건, 아무리 생각해도 합리적이지 않은 것 같아."

"이건 기후 행동과 관련된 거예요. 친구들도 다 그 동아리에 들어갔고요……."

"누나는 왕따래요, 누나는 왕따래요!"

나는 화가 나서 오션에게 쏘아붙였다.

"오션, 입 좀 다물어!"

그러자 엄마가 날카롭게 소리쳤다.

"에밀리!"

이번에는 새아빠가 말했다.

"오션, 이제 그만 네 방으로 올라가."

엄마는 내게 시선을 고정하고서 다시 입을 열었다.

"방금 네 행동은 옳지 않았어. 잠시 진정하고 마음을 가라앉히는 게 좋겠다."

나는 한껏 풀이 죽은 채로 계단을 올라갔다. 이런 식으로 비건에 대한 대화를 끝내고 싶은 건 아니었는데…….

월요일 아침, 시몬과 내가 학교에 막 도착했을 때였다. 아멜리가 시몬을 보자마자 홱 낚아챘다.

"네가 어제 인스타그램에 올린 게시물 봤어. 그 중고품 가게 말이야."

아멜리는 나를 조금도 신경 쓰지 않은 채 시몬만 보며 말을 이었다.

"혹시 '스톨른 팬시스'에 가 본 적 있어? 거기, 내가 제일 좋아하는 곳이거든."

중고품 가게에서 보물을 건지는 건 시몬과 나의 멋진 재능 중하나였다. 하지만 내가 그런 말을 꺼내기도 전에, 시몬은 아멜리와 함께 쇼핑을 하면 좋겠다며 박수를 짝짝 쳤다.

나는 지구를 구하는 일도 중요하다는 걸 상기시키려고 시몬 뒤에서 폴짝폴짝 뛰었지만, 그 둘은 빈티지 데님보다 더 중요한 건 아무것도 없다는 듯이 굴었다.

별수 없이 나는 혼자서 교장 선생님을 만나러 가기로 했다. 내가 자리를 뜨는데도 시몬과 아멜리는 눈치조차 채지 못했다. 심지어 시몬은 지난번에 함께 가 주겠다고 약속까지 했으면서! 짜증이 훅 밀려왔다.

나는 복도를 지나 교장실 앞으로 갔다. 심호흡을 하고서 교장실 문을 조심스럽게 두드리자 교장 선생님 목소리가 문 너머에서 들려왔다. 나는 교장실 문을 열고 고개를 빼꼼 들이밀었다.

"에밀리, 무슨 일로 왔니?"

내가 대답할 틈도 없이 교장 선생님이 말을 이었다.

"오늘 아침에 회의가 있어서 말이야. 그래도 오 분 정도는 시간을 낼 수 있어."

교장 선생님이 시계를 보며 빠르게 말했다. 나는 숨을 깊이 들이마신 뒤, 교장 선생님 책상 앞 의자에 앉았다. 다행히 미리 연습해 둔 덕분에 핵심만 짧게 말할 수 있었다.

"교장 선생님, 제가 '씨더뷰 톡톡'에 영상을 하나 올리려고 준비했는데요. 채드윅 선생님이……."

"9월 영상 정말 잘 봤어. 종이를 덜 쓰기 위해 주스 팩을 재활용하자는 부분이 무척 마음에 들었단다."

"감사합니다. 그런데 채드윅 선생님이 그러시는데, 기후 행진 영상이……."

"에밀리, 영상 하나 때문에 너무 속상해하지 않았으면 좋겠구나. 창의적인 프로젝트를 진행하다 보면 그런 일이 더러 생기게 마련이지. 비판도 받아들일 줄 알아야 하고, 멘탈도 단단하게 키워야 하지 않겠니?"

갑자기 교장 선생님이 의자에서 일어나 문 쪽으로 뚜벅뚜벅 걸어갔다. 문을 열고 밖으로 나가려는 건가 싶었는데, 알고 보니 나더러 그만 나가 보라는 뜻이었다.

"그런 게 아니에요. 기후 행진은 아주아주 중요한 문제이기 때문에……."

"물론 중요하지. 하지만 시더뷰 학생들은 보호자 없이 거리를 돌아다니기에 아직 어리지 않니? 이런 프로젝트를 진행할 때는 영상을 보는 사람들의 상황도 고려해야지."

나는 다급하게 몇 마디 더 설명하려 했지만, 교장 선생님은 내 말을 가로막으며 이렇게 덧붙였다.

"이 작은 유튜브를 이렇게까지 진지하게 생각해 줘서 정말 고맙구나. 자, 이제 나는 회의에 가 봐야 해서 말이야. 이번 달 영상, 기대하고 있을게."

등 뒤에서 교장실 문이 닫힐 때까지, 나는 내가 어떻게 걸어 나왔는지조차 알아차리기 힘들었다. 몸을 비틀거리며 교실로 향하는데, 시몬이 복도에서 나를 발견하고는 냅다 소리를 질렀다.

"에밀리! 교장 선생님께 말씀드리러 지금 같이 갈까?"

"이미 이야기했어."

"벌써?"

시몬이 내 팔꿈치를 잡아당기며 다그쳐 물었다.

"그래서, 잘했어? 교장 선생님이 뭐라셔?"

나는 침울한 표정으로 시몬을 바라보았다.

"잘하지 못했어. 교장 선생님 생각도 바뀌시지 않았고."

"나를 기다렸어야지! 우리 둘이라면 설득했을지도 모르잖아."

"기다릴까 했지. 그런데 너는……."

바로 그때, 수업 시작종이 울렸다. 어쩌면 그 덕분에 우리의 우정을 구할 수 있었는지도 모르겠다.

시몬과 나는 서둘러 교실로 달려갔다. 자리에 막 앉으려는 찰나, 브라이스가 다니엘라 옆자리로 가는 게 보였다.

"잠깐만!"

너무 크게 말한 걸까? 반 아이들이 전부 나를 쳐다보았다.

"내가 다니엘라 옆에 앉고 싶어서 말이야."

나는 의미심장한 눈빛으로 시몬을 바라보았다. 시몬은 내가 왜 자리를 바꾸려는지 단번에 알아차리고는 이렇게 말했다.

"나도 다니엘라 옆에 앉을래."

그러자 아멜리가 어깨를 으쓱하며 거들었다.

"그럼 나도."

"얘들아, 자리는 학기 초에 이미 다 정했잖니? 다들 왜 그래? 어서 자리에 앉아. 수업 시작해야 하니까."

수학 선생님이 두 손을 휘휘 내저으며 말했다. 결국 우리 셋은 다니엘라 양옆과 뒤쪽으로 반원을 그리듯 자리를 잡았다. 다니엘라는 얼굴이 새빨개진 채 입 모양으로 나를 향해 "고마워."라고 말했다. 브라이스는 결국 레자와 함께 뒷줄에 앉게 되었다. 어차피 거기가 그 애의 원래 자리이기도 했다.

자리에 앉자마자 시몬이 조그맣게 속삭였다.

"그러면 이제 어떻게 하지? 교장 선생님 말이야."

아까 등교할 때 무심하게 굴었던 시몬이 조금은 용서가 되는 것 같았다. 나는 시몬에게 나직이 대꾸했다.

"내가 조언 코너 대본을 쓰면서 기후 행진에 대해 언급한 게 있는데, 이따가 수업 끝나고 그 부분 영상을 녹화하도록 하자. 그리고 아샤의 방문을 알리는 포스터를 만드는 거 어때? 거기에 기후 행진 일정을 추가하면 되잖아."

"완벽해! 내가 포스터 판을 몇 개 가져올게."

아무래도 포스터가 지난번에 채드윅 선생님이 제안했던 기후변화 게시판보다는 한 단계 더 나아간 것처럼 여겨졌다.

포스터도, 조언 코너도 다 좋은 아이디어 같아서 마음이 흐뭇했다. 나는 기후 행진 기사를 완전히 포기하지 않았다, 아직은!

시몬이 도와준 덕분에 일을 훨씬 더 빠르게 진행할 수 있었다. 시몬 엄마가 점심시간에 포스터 만드는 데 필요한 재료를 학교로 갖다주었다. 우리는 아샤 자밀을 환영하는 문구는 크게, 기후 행진 정보는 작게 적기로 했다. 그렇게 해야 교장 선생님이 기후 행진 정보를 넣었다는 걸 눈치채지 못할 듯싶었다.

아샤는 기후 행진 하루 전날 복도에서 이 포스터를 보게 되겠지? 그러면 기후 행진에 대해서도 알게 되고, 우리의 노력 또한 피부로 느끼게 될 거다. 그걸 계기로 아샤와 SNS 영향력, 그리고 환경에 대해 진지하게 이야기 나눌 수 있게 되지 않을까?

수업이 끝난 후, 시몬과 나는 빈 교실로 향했다. 책상을 뒤로 밀어 공간을 넓게 만든 다음 포스터 재료를 쫙 펼쳤다.

몇 분 동안 고민하던 끝에 내가 먼저 제안했다.

"우주에서 본 지구를 주제로 꾸며 보면 어떨까? 기후 행진 관련 정보는 아래쪽에 적고, 맨 위에는 '아샤 자밀, 환영해요!'라고 쓰는 거야. 글자 주위는 노란색 별로 장식하고."

"정말 멋질 것 같은데? 대신에 글자는 동글동글 귀엽게 쓰면 좋겠다."

나도 그렇게 하고 싶은 마음이 굴뚝같았지만, 내 글씨는 바람이 약간 빠진 풍선처럼 항상 흐물흐물해 보였다.

"글씨는 네가 써 줄래?"

시몬은 흔쾌히 고개를 끄덕이며 곧장 글씨를 써 나갔다. 시몬이 쓴 글씨가 마음에 쏙 들었다. 그래서 새아빠의 최신작인 '바나나 초코칩 머핀'을 반으로 잘라 시몬에게 내밀었다.

"이거, 비건 머핀 맞아?"

시몬이 물었다.

"당연하지."

사실은 나도 잘 몰랐다. 설마 새아빠가 머핀에 고기를 넣지는 않았겠지?

그때 붉은빛 금발 머리카락이 나타났다.

"여기서 뭐 해?"

아멜리가 교실 문간에 서 있었다. 나는 후회를 가득 담아 속으로 외쳤다. 아, 문을 왜 닫지 않았을까? 극비로 포스터를 만들면서 문을 활짝 열어 놓다니! 바보 멍청이가 따로 없었다.

"아샤 자밀을 환영하는 포스터를 만들고 있었어."

"잘됐다, 나도 포스터를 만들고 싶었는데! 비건 동아리 홍보용 말이야."

아멜리는 계속 문간에 서서 미소를 짓고 있었다. 나도 애매한 표정으로 미소를 지으며 아멜리를 마주 보았다.

"들어올래? 마침 포스터에 쓸 적당한 문구가 떠오르지 않아서 고민하고 있던 참이거든."

시몬의 말이 끝나자마자, 아멜리는 교실로 걸어 들어와 바닥에 철퍼덕 앉았다.

"우아, 너희 정말 체계적으로 준비하는구나. 우리 엄마는 너무 바쁘셔서 포스터 재료를 학교에 갖다줄 시간이 없어."

아멜리 말에 시몬이 대꾸했다.

"그럼 우리 거 써. 많이 있으니까."

나는 시몬을 뚫어지게 바라보았다. 오랫동안 알고 지낸 내 절친이 나를 이렇게 배신하다니! 도저히 믿을 수가 없었다.

"정말 고마워."

아멜리가 시몬에게 말했다. 그러자 갑자기 시몬이 숨을 헉 들이마시며 흥분해서 소리쳤다.

"아멜리, 아샤가 네 비건 캠페인을 지지하면 좋지 않을까?"

"하지만……."

나는 '아샤를 만나야 할 사람은 나라고!' 이렇게 소리치고 싶었지만 차마 입 밖에 내지 못했다.

"아샤처럼 영향력 있는 사람이라면 식물성 식단에 대해서도 널리 알릴 수 있을 거야."

시몬의 말에 아멜리가 신이 나서 맞장구를 쳤다.

"그래, 맞아!"

"자, 여기 사인펜 더 있어."

배신감이 내 가슴을 찌르는 동안, 아멜리는 자신만의 포스터를 그리기 시작했다. 그러다 갑자기 사인펜을 내려놓더니, 시몬을 바라보며 말했다.

"맞아, 네 문구부터 생각해 내야지!"

"아샤 자밀, 당신은 우리의 별이에요."

내가 맥 빠진 목소리로 말하자, 아멜리가 시큰둥하게 대꾸했다.

"조금 밋밋하지 않아? 차라리 이건 어때? '아샤, 당신은 우리의 슈퍼스타예요.' 그리고 아샤가 망토를 두르고 있는 그림을 그리는 거야."

"아주 완벽해!"

아멜리 말이 끝나자마자, 시몬이 박수를 치며 환호했다.

"그래, 완벽하네. 망토를 오려 붙여서 펄럭이게 하면 포스터에서 진짜로 날아가는 것처럼 보일 거야."

나는 체념하듯 중얼거렸다. 시몬은 환하게 웃으며 고개를 끄덕이더니, 곧바로 스케치를 하기 시작했다.

잠시 후 나는 포스터를 찍어 인스타그램에 올렸다.

가장 친한 친구인 @SustainableSimone의 도움으로 포스터를 멋지
게 만들고 있어요.

아샤가 이 포스터를 보면 기후 행진에 대한 우리의 진심을 느
끼고 깜짝 놀랄 것이다. 어쩌면 감동한 나머지, 우리 포스터를 사
진으로 찍어서 자신의 피드에 올릴지도. 그리고 나서 우리를 태
그해 준다면……? 상상만으로도 너무너무 신이 났다.

그 순간, 시몬이 내 어깨를 톡톡 두드렸다.

"에밀리? 곧 수업 시작종이 울릴 거야."

시몬은 그새 포스터를 모두 완성했다. 확실히 나보다 솜씨가
좋았다. 포스터 가장자리에 오려 붙인 아샤의 망토는 진짜로 바
람에 펄럭이는 것처럼 실감나 보였다.

아멜리는 굵은 글씨로 '생명의 방'이라고 쓰고, 그 주변을 덩굴
과 벌, 꽃 등으로 장식했다. 그 아래에는 작은 글씨로 '식물성 식
단으로 우리의 지구를 구해요!'라고 적어 놓았다. 내가 본 포스터
중 가장 아름다웠다.

"아직 많이 못 그렸네? 근데 저건 별이야?"

아멜리가 반쯤 칠한 내 포스터를 보며 물었다.

"아니."

음, 사실은 별이 맞았다. 청록색 배경에서 노란색 별을 돋보이
게 하는 건 정말이지 하늘에서 별 따기만큼이나 어려웠다.

"이따가 내가 도와줄게. 우리는 한배를 탄 거나 다름없으니까."

아멜리가 말했다.

"괜찮아. 오늘 밤에 집에 가서 마무리하려고. 시간은 충분해."

나는 억지로 미소를 지으며 대답했다.

죄책감의 냄새

"아, 아, 마이크 테스트 중입니다."

시몬이 마이크를 들어 올리며 말했다. 나는 이어폰을 귀에 꽂고 녹음된 소리를 들어 보았다. 음질이 아주 좋았다.

"준비됐어?"

엄지손가락을 치켜세우며 시몬에게 물었다. 사실 오늘 아침에는 침대에서 일어나기가 정말 힘들었다. 하지만 지금 이렇게 시몬과 스튜디오에 앉아 있으니, 매우 이상적인 세상에 들어와 있는 듯한 기분이 들었다. 우리 둘, 그리고 이 우주에 영향을 미칠 수 있는 모든 장비가 이 안에 있었다. 아니, 적어도 우리 학교에만큼은 영향을 미칠 수 있는 장비가.

"안녕! 늦어서 미안해! 녹화 중이었어?"

레자가 스튜디오로 헐레벌떡 뛰어 들어오며 물었다.

"막 시작하려던 참이었어."

나는 레자에게 빈 의자를 가리키며 녹화 버튼을 눌렀다.

"시몬, 다음 사연은 무엇인가요?"

녹화는 그리 오래 걸리지 않았다. 첫 번째 시도에서 거의 완벽에 가까운 결과물이 나왔다. 우리는 다니엘라가 최종 편집을 할 수 있도록 비디오 파일을 저장해 두었다. 그러고는 레자에게 마이크를 넘겨주었다.

그런데 그때, 시몬이 내 소매를 슬쩍 잡아당겼다.

"종 칠 때까지 십 분 정도 남았는데, 그동안 포스터나 붙이러 갈까?"

시몬과 나는 레자를 뒤로하고 스튜디오를 나섰다. 복도 곳곳에 포스터를 붙여서 예쁘게 꾸몄다. 모든 것이 계획대로 착착 진행되고 있었다. 그런데 얼마 있지 않아, 시몬이 이 분위기를 다 망쳐 버렸다.

"포스터를 다 붙여서 정말 다행이야. 사실 아멜리랑 약속했거든. 점심시간에 그 애 포스터 붙이는 거 도와주겠다고. 그래서 네 포스터 붙이는 건 언제 도와줘야 할지 몰라서 고민하고 있었어."

나는 걷다 말고 그 자리에 우뚝 멈춰 섰다. 바로 그 순간, 누군가가 내 발뒤꿈치를 밟았다. 뒤를 돌아보니 레자가 서 있었다.

"벌써 끝났어?"

내가 짜증스런 얼굴로 묻자, 레자는 두 손을 위로 번쩍 들어 올리면서 장난스레 대답했다.

"네! 정확히 삼 분짜리 분량으로 끝냈어요. 요구하신 대로 말이죠. 그리고 비디오 파일은 컴퓨터에 저장해 두었습니다."

"그래, 고마워."

나는 최대한 예의 바르게 말했다. 단 삼 분짜리 농구 영상을 학생들이 제발 외면하지 않기를 바라면서.

나는 오전 수업 내내 시몬에게 한마디도 하지 않았다. 시몬은 아무것도 눈치채지 못한 듯했지만. 그래서 다행히 점심시간에는 홀로 교실에 남아 고기 파이를 마음 놓고 먹을 수 있었다. 점심을 혼자 먹는 건 그다지 유쾌한 일이 아니었지만, 새아빠가 준비한 음식이 그나마 내 기분을 조금 나아지게 했다.

나는 사물함에다 도시락 가방을 넣었다. 그러고 나서 과학실에 도착할 때쯤, 플로레스 선생님이 나를 향해 미소를 지으며 말했다.

"에밀리! 여기 있었구나. 이 출석부 좀 교무실에 갖다 놓고 올래?"

나는 출석부를 받아 들고는 서둘러 교무실로 향했다. 그런데 계단 모퉁이를 돌다가 반대편에서 걸어오는 사람들과 하마터면 부딪칠 뻔했다. 고개를 들어 보니, 다니엘라와 아멜리가 커다란 상자를 같이 들고 있었다.

"조심해! 깨지겠다!"

아멜리가 소리쳤다.

"뭐 하는 거야?"

내가 물었다. 그러자 다니엘라가 조그맣게 말했다.

"플로레스 선생님이 창고에서 비커를 가져오라고 하셔서."

아멜리가 덧붙였다.

"선생님이 우리한테 창고 열쇠를 주셨어. 깨기지 쉬운 물건이라, 우리밖에는 믿을 수 있는 사람이 없다고 하시면서."

"다니엘라, 브라이스 문제는 어떻게 돼 가? 이제 괜찮아?"

나는 아멜리의 대답을 뒤로하고 다니엘라에게 물었다. 그런데 아멜리가 대신 대답했다.

"응, 괜찮아. 이미 나랑 이야기했어. 이제는 계획도 세웠고. 근데 이게 꽤나 무거워서 말이야."

나는 당황스러운 나머지, 입을 떡 벌렸다가 다시 다물었다. 그러고는 아멜리와 다니엘라가 저 소중한 짐을 무사히 들고 지나갈 수 있도록 한쪽으로 비켜섰다.

바보처럼 왜 이래? 너무 심각하게 생각하지 말자. 다니엘라와 아멜리는 우연히 동시에 과학실에 가장 먼저 도착했을 뿐일 거야. 비커를 갖다 달라고 요청받은 것도 순전히 우연이었을걸. 이것 역시 순전히 우연일 거라고 생각되지만, 아멜리는 오 분마다 내 속을 뒤집어 놓고 있었다.

나는 출석부를 교무실에 갖다 놓고 다시 과학실로 향했다. 복도 벽에 시몬의 포스터와 내 포스터가 띄엄띄엄 붙어 있는 게 보였다. 반대로 아멜리의 포스터는 그 사이사이에 촘촘하게 붙어 있었다.

아멜리의 포스터에는 '생명의 방. 비건 동아리에 가입하세요, 바로 지금!'이라고 적혀 있었다. 그리고 퇴비통과 재활용 표지판, 텃밭 상자 같은 것들이 작게 그려져 있었는데, 전부 아멜리가 학교에 두고 싶어 하는 것들이었다. 나는 한 번도 퇴비통이 매력적이라고 생각해 본 적이 없었지만, 왠지 이 포스터에서는 제법 그럴싸해 보였다.

복도 계단을 올라 꼭대기에 도착했을 때, 나는 무심코 후드티 주머니에 손을 넣었다. 거기에는 포스터를 만들 때 넣어 두었던 검정색 펜이 들어 있었다.

잽싸게 계단 주변을 둘러보았다. 아무도 없었다. 나는 '도덕적으로 올바르거나 책임감 있는 사람이라면 절대 이런 짓을 하지 않을 거야.'라는 생각을 떠올리기도 전에 펜 뚜껑을 열었다.

단 한 글자만으로 충분했다. '생명의 방'을 '생명의 방귀'로 바꾸는 데는.

잠깐 동안, 이 한 글자가 나를 믿을 수 없을 만큼 행복하게 만들었다. 모든 게 나아진 듯한 기분이 들었다. 비커 때문에 생긴 질투도, SNS에서의 미미한 내 존재감도, 고기 파이를 먹으면서 느꼈던 죄책감도……

바로 그때, 부드러운 휘파람 소리가 들렸다. 순간, 심장이 뚝 멈추는 듯했다. 나는 얼른 펜 뚜껑을 닫고 주머니에 쑤셔 넣었다.

휘파람 소리가 어디서 났는지 알아내는 데는 시간이 좀 걸렸다. 다행스럽게도 그 소리의 주인공은 바로 마커스였다. 마커스는 복도에 있는 칸막이 책상 뒤에 혼자 앉아 있었다.

"마커스, 너 여기서 뭐 하……."

내 말이 채 끝나기도 전에, 마커스는 자리에서 벌떡 일어나더니 복도 저편으로 서둘러 걸어갔다. 등 뒤로 실험복 자락이 펄럭였다.

과학실로 돌아온 뒤에도 내 심장은 여전히 두근거렸다. 마커스는 내가 포스터에 낙서하는 걸 봤을까? 분명히 봤을 거야. 그걸 사람들한테 말하고 다니면 어떡하지?

"에밀리, 고마워. 레자 옆에 빈 실험대가 있으니까 거기로 가서 실험을 하도록 해."

그때 플로레스 선생님이 말했다.

그쪽으로 터벅터벅 걸어가서 앉자, 레자가 놀라울 정도로 침착하게 실험 과제가 무엇인지 설명해 주었다.

"여기 비커 하나랑 액체 세 가지가 있어. 이 액체들을 섞은 다음에 관찰 결과를 보고서에 적으면 돼."

"고마워."

이 물질들이 식초와 기름, 물이라는 건 너무나도 분명해 보였다. 나는 관찰 결과를 보고서에 하나하나 적었다.

물질 A는 시큼한 냄새가 강하게 난다.

나는 원래 다른 사람의 포스터를 훼손하는 사람이 아니었다. 아까는 대체 무슨 생각으로 그랬던 걸까?

"글씨를 참 예쁘게 쓰네?"

레자가 말했다.

"고마워."

레자는 오늘 아주 놀라울 정도로 정상적이었다. 하지만 나는 지금 레자의 정신적 성장에 대해 고민할 시간이 없었다.

마커스가 선생님들한테 이야기하면 어쩌지? 그러면 나는 전학을 가야 할지도 모른다, 캐나다 북쪽 끝 이누빅으로. 거기서는 제발 인터넷이 안 되기를, 그래서 내 범죄 이력에 대해 아무도 알지 못하기를 바랄 뿐이었다.

물질 C는 특별한 냄새가 없다.

그러나 나한테서는 죄책감의 냄새가 났다. 극복할 수 없는 죄책감의 냄새가.

그때 스피커에서 안내 방송이 흘러나왔다.

"수업을 방해해서 죄송합니다. 에밀리 로렌스, 에밀리 로렌스는 지금 바로 교장실로 와 주시기 바랍니다."

쨍그랑! 비커가 과학실 바닥에 떨어져 산산조각이 났다. 미끈거리는 물질 B가 바닥으로 쏟아졌다. 곧이어 닥칠 재앙의 냄새가 사방으로 퍼져 나갔다.

"이런, 에밀리!"

플로레스 선생님이 소리쳤다.

"종이 타월 가져올게요."

레자가 침착한 목소리로 말했다.

"아니야, 뒤로 물러서. 유리 조각이 있으니까. 에밀리, 너는 교장실로 얼른 가 보는 게 좋겠다."

과학실을 나가기 전에, 나는 플로레스 선생님에게 다가가 조그맣게 말했다.

"죄송해요. 그리고 제가 돌아오지 않는다 해도, 선생님은 정말 훌륭한 과학 선생님이었다는 사실을 알아주셨으면 해요."

플로레스 선생님은 혼란스러운 표정을 지으며 말했다.

"에밀리, 고맙구나. 너는 금방 돌아올 거야. 자, 어서 가서 교장 선생님이 왜 찾으시는지 확인해 봐."

나는 복도로 나갔다. 교장실로 가는 길이 마치 사하라 사막을 건너는 것처럼 무진장 길게 느껴졌다. 합리적인 변명거리를 생각해 내려 애썼지만 도무지 떠오르지가 않았다.

> 에밀리의 범죄 이력은 어렸을 때부터 시작되었어요.
> 여기에서 그 추악한 이야기를 읽어 보세요.

나는 클릭을 하는 순간 컴퓨터 바이러스를 퍼뜨리는, 저급한 뉴스 사이트의 주인공이 될 거다. 그런 생각이 들자 갑자기 배가 꼬이듯이 아팠다.

교장 선생님 책상 앞에 섰을 때는 온몸이 땀으로 흥건히 젖어 있었다. 하지만 교장 선생님은 전혀 눈치채지 못한 듯했다.

"마커스를 또 놓쳤어. 롭 선생님이 찾고 있기는 한데, 내가 지금 너무 바빠서 말이야."

교장 선생님이 컴퓨터 자판을 치다 말고 나를 올려다보며 말을 이었다.

"너랑 마커스가 좀 친해 보이던데, 마커스 찾는 걸 좀 도와줄 수 있겠니?"

나는 교장 선생님을 멍하니 바라보았다. 감옥에 가는 상상을 하느라 머리가 너무 복잡해진 나머지, 교장 선생님의 말을 언뜻 이해하지 못했다.

"괜찮겠어? 수업 중에 불러내서 미안해."

"아니요, 괜찮아요! 당연히 마커스 찾는 걸 도와야죠."

"오, 너밖에 없구나."

교장 선생님의 시선은 이미 컴퓨터 화면으로 돌아가 있었다.

마커스는 도서관에도, 화장실에도, 미술실에도 없었다. 나는 복도 한가운데에 서서 생각에 잠겼다. 나라면 이 학교에 질렸을 때 어디에 숨을까?

곰곰이 생각을 하면서 벽을 가만히 쳐다보았다. 그러자 포스터 하나가 눈에 들어왔다. 아멜리의 포스터였다. '생명의 방귀'라고 적혀 있는……..

그런데 그건 내가 쓴 게 아니었다. 나는 몇 걸음 더 옮겨서 또 다른 포스터를 찾아보았다. 생명의 방귀. 그다음 것도, 생명의 방귀. 포스터마다 글귀들이 다른 색으로 훼손되어 있었다.

지금 얼마나 끔찍한 상황이 벌어진 건지 깨닫기 시작했을 때, 롭 선생님이 복도 끝에 나타났다. 그 뒤를 마커스가 실험복 주머니에 손을 꽂은 채 어기적어기적 따라오고 있었다.

"마커스를 찾았어! 도와줘서 고마워, 에밀리!"

롭 선생님이 외쳤다.

마커스의 실험복에 사인펜 자국이 길게 나 있었다. 선생님이 마커스를 데리고 서둘러 내 옆을 지나갈 때, 마커스가 내게 윙크를 하면서 말했다.

"내가 대신 마무리했어."

나는 입을 떡 벌린 채 그 자리에 멍하니 서 있었다.

"마커스, 우선 교장실에 들러서 네가 저지른 기물 파손에 관해 이야기해 보도록 하자."

롭 선생님이 말했다. 나는 재빨리 그 뒤를 따라갔다. 두 사람은 곧장 교장실로 들어갔다.

나는 교장실 문 앞으로 한 걸음 다가갔다가 다시 한 걸음 뒤로 물러서기를 반복했다. 아무도 내 이름을 부르지 않았다. 소리치는 사람도 없었다. 학교 전체가 소름 끼치도록 고요했다.

교장 선생님한테 포스터를 망친 건 나라고 솔직하게 이야기해야 할 것 같았다. 그런데 한편으로는 이 일이 내게 유리한 방향으로 전개될지도 모른다는 생각이 들었다. 모두가 아멜리의 비건 동아리를 비웃게 된다면, 아샤가 아멜리를 만나는 일도 생기지 않을 테니까. 게다가 엄밀히 따지면, 나는 포스터를 하나만 훼손했을 뿐 전부 다 망가뜨린 건 아니기도 했다.

나는 천천히 발길을 돌려 과학실로 돌아갔다. 내 양심 나침반을 교장실 앞 바닥 어딘가에 내버려둔 채로.

점심시간에 아멜리가 샐러드 뚜껑을 열자, 시몬이 한숨을 푹 내쉬며 말했다.

"나는 여전히 비건 동아리의 일원이 되고 싶지만, 오늘은 치즈 버거와 치킨 핑거밖에 선택지가 없네."

다니엘라가 시몬의 쟁반을 보며 코를 찡긋 하더니 속삭이듯이 나직하게 말했다.

"고기는 빼고 빵만 먹으면 돼. 빵에 달걀이 들어갔을지도 모르긴 하지만."

그 말을 듣고 내가 슬그머니 끼어들었다.

"그렇게 하면 음식이 너무 낭비되지 않아?"

사실 시몬은 치즈 버거를 먹고 싶어 하는 게 분명했다. 치즈 버거는 시몬의 최애 메뉴 중 하나니까.

"네 포스터가 어떻게 됐는지 봤어."

나는 아멜리 쪽으로 몸을 돌리며 짐짓 시무룩한 목소리로 말했다. 그러자 아멜리가 신음을 내뱉었다.

"윽, 그러니까! 안 그래도 교장 선생님이 불러서 자세히 설명해 주셨어. 그래서 롭 선생님이랑 같이 포스터를 전부 다 뗐었지."

마음속이 마치 퇴비통으로 변해 버린 듯한 느낌이 들었다.

"정말이지 비극적인 일이야!"

시몬이 말하자 아멜리가 한숨을 내쉬었다.

"포스터를 더 만들어야지, 뭐. 그리고 마커스라는 애도 좀 안 됐어. 교장실에서 나올 때 보니까, 그 애는 계속 거기에 앉아 있더라고."

이걸로 확실해졌다. 나는 정말이지 최악이었다.

그때 시몬이 갑자기 두 손을 번쩍 들어 올리며 말했다.

"우리 유튜브에서 아멜리를 인터뷰하는 거 어때? 비건 동아리에 대해서 말이야!"

"뭐라고?"

아멜리랑 내가 동시에 물었다. 물론 완전히 같은 느낌은 아니었지만.

"우리가 입소문 나도록 도와줄게. 그리고 너는 인터뷰도 잘할 거야."

시몬의 말에 아멜리가 박수를 쳤다.

"그러면 진짜 멋질 것 같아! 너희는 내가 만난 사람들 중에서 가장 힘이 되는 친구들이야. 나는 운이 참 좋은 것 같아."

이번에는 누군가가 내 안의 퇴비통에 불을 지르고 있었다.

"아, 그런데 너희도 포스터를 고쳐야 할걸. 그렇지 않아?"

아멜리가 갑자기 걱정스러운 표정으로 말했다. 시몬과 나는 서로를 마주 보았다.

"왜?"

"아샤의 방문 일정이 바뀌었잖아. 아샤는 다음 주 금요일에 여기로 온대. 아까 교장 선생님이 다른 선생님한테 말씀하시는 걸 들었어."

"다음 주 금요일?"

시몬과 나는 숨을 헉 들이마시며 동시에 되물었다.

"그날은 기후 행……."

그러자 시몬이 내 말을 가로막았다.

"우리가 지금 뭐 하고 있는 거야? 그날 어떤 옷을 입을지 계획을 세워야지!"

"내 말이! 그런데 그거, 진짜로 먹을 거야?"

아멜리가 만화 주인공처럼 두 눈을 동그랗게 뜨고서 시몬에게 물었다.

"시몬은 저거 다 먹어야 해. 안 그러면 오후 내내 배가 고파서 힘들어 하거든."

내가 대신 대답했다. 아주 잠깐 머릿속에서 아샤의 학교 방문 일정을 한쪽으로 밀어 두고서.

그러자 시몬이 내게 고맙다는 듯한 표정을 지었다.

"시간이 지나면서 조금씩 천천히 비건으로 바뀌어 가겠지."

다니엘라가 속삭였다. 하지만 아멜리는 아랑곳없이 공장식 축산이 어쩌고저쩌고하면서 열을 내기 시작했다.

"풀을 먹인 소가 아니라면, 한 마리당 일 년에 70에서 120킬로그램의 메탄을 내뿜어. 그리고 아무리 봐도 우리 학교 식당에선 풀을 먹인 소를 쓸 것 같지 않잖아. 대체 여기는 누가 운영을 하는 거지?"

아멜리는 이렇게 말하며 주위를 둘러보았다. 마치 집사가 나타나기를 기다리는 것처럼.

"리디아 영양사 선생님."

시몬과 다니엘라, 그리고 나는 불길한 목소리로 합창하듯 말했다. 우리는 영양사 선생님이 주로 서 있는 식당 구석 자리를 힐끗 보았다.

회색 머리카락을 뒤로 싹 넘겨서 묶고 있었는데, 어찌나 세게 잡아당겼는지 관자놀이의 피부까지 당겨져 있었다. 소문에 따르면, 영양사 선생님이 웃는 모습은 십여 년 전에 목격된 게 마지막이라고 했다.

아멜리가 자리에서 일어나며 말했다.

"저분이랑 이야기 좀 하고 올게."

시몬은 치즈 버거를 한 입 크게 베어 물고서 말했다.

"오늘만……, 내 이부터언 완정 비건 하 거야."

나는 조심스럽게 주위를 살폈다. 아멜리는 리디아 영양사 선생님과 깊이 있는 대화를 나누고 있는 듯했다. 이때를 놓칠세라 샌드위치를 재빨리 꺼냈다.

브리 치즈와 배가 들어간 샌드위치였는데, 새아빠의 창작 요리라서 겉모양은 조금 이상해 보일지 몰라도 맛으로는 기가 막혔다. 이 정도면 비건까지는 아니었지만, 비교적 비건에 가까운 식단이 아닐까?

나는 샌드위치의 한쪽을 잘라 시몬에게 건넸다. 시몬은 치즈 버거를 허겁지겁 먹다가 샌드위치를 맛보더니 금세 황홀한 표정을 지었다.

저 멀리에서 아멜리의 목소리가 점점 커졌다.

"21세기에…… 다양한 학생들…… 건강한 음식…… 가공된 음식 쓰레기라니요!"

그 순간, 영양사 선생님이 인내심을 잃고 아멜리에게 특유의 살벌한 눈빛을 날렸다. 그러고는 식당 문을 가리키며 차갑게 말했다.

"……교장실로."

와우! 중간 단계를 다 건너뛰고서 바로 교장실로 보내 버리는구나. 이윽고 아멜리가 우리 쪽으로 돌아왔다.

"영양사 선생님이 어떤 성향인지 미리 알려 줬어야 했는데."

내 말에 아멜리가 흥분하며 대답했다.

"맞아, 그랬어야지! 영양사 선생님한테 그런 소화기 문제가 있는 줄은 전혀 몰랐네."

뭔가 예상 밖의 대답이었다.

"점심시간이 끝나는 대로 영양사 선생님이 교장실로 가기로 했어. 그래서 교장 선생님이랑 같이 채식 급식 메뉴에 대해 논의 하실 거야. 제발 월요일만이라도 고기가 안 나왔으면 좋겠다."

나는 너무 어이가 없어서 말문이 콱 막혀 버렸다. 아멜리가 자리에서 일어나려다 말고 뒤를 돌아보며 말했다.

"모두들, 고마워. 비건 동아리가 없었다면 이런 일은 불가능했을 거야!"

나는 점심시간이 끝나기 전에 교장실로 향했다. 아멜리가 말한 대로, 아샤 자밀이 학교에 오는 날짜가 바뀌었는지 확인하기 위해서였다.

교장실 문이 살짝 열려 있었다. 노크를 해야 할지 말아야 할지 망설여졌다. 그때 안쪽에서 교장 선생님 목소리가 들려왔다. 전화로 누군가와 이야기를 나누고 있었다.

"그 말도 안 되는 기후 행진이요?"

에밀리 포스트가 말하길, 몰래 엿듣는 건 절대로 옳은 행동이 아니라고 했다. 하지만 '기후 행진'이란 말이 들리자, 나는 그대로 얼어붙어 버렸다.

"저희 쪽에서는 문제 될 게 없습니다. 맞습니다. 그날 무슨 패션 아이콘인가 하는 연예인이 저희 학교에 올 예정이에요. 저희 학교 여자애들 눈이 반짝반짝하던걸요. 아마 아무 데도 안 갈 겁니다. 아시잖아요, 이런 일은 항상 여자애들이 앞장서서 이끈다는 걸.”

나는 숨을 쉴 수가 없었다. 그때 선생님 한 명이 교장실 옆을 지나갔다. 나는 그 선생님의 하이힐 소리가 교무실 쪽으로 사라질 때까지 숨을 꾹 참았다. 선생님은 내가 있는 걸 알아차리지도 못한 듯했다.

“네, 아주 기가 막히게 맞아떨어졌지요. 저희 사회 선생님이 아샤 자밀이란 연예인을 초대하자고 제안했고, 그다음엔 제가 나서서 날짜를 다음 주 금요일로 조정했답니다. 아샤 자밀 같은 사람을 더 찾아보라고요? 예, 최선을 다해 보죠.”

교장 선생님이 어깨를 들썩이며 웃었다. 나는 당장이라도 교장실로 쳐들어가 교장 선생님을 고발하고 싶었다. 기후 행진 참가 방해죄로!

그런데 그 순간, 교장 선생님이 교장실 문간에 불쑥 나타났다. 나랑 눈이 마주치자 교장 선생님 눈썹이 곧장 위로 올라갔다. 나는 방금 우연히 교장실 앞에 도착한 것처럼, 절대로 교장 선생님의 전화 통화를 엿듣지 않은 것처럼 행동해야 했다. 하지만 내 얼굴에 드러난 참담함과 배신감은 도저히 숨길 수가 없었다.

“에밀리, 지금은 점심시간 아니니?”

교장 선생님이 물었다. 나는 필사적으로 변명거리를 찾으려 애썼다. 그런데 갑자기 마법처럼 마커스가 내 앞에 나타났다. 아마도 교장실 앞 테이블 밑에서 기어 나온 것 같았다.

마커스는 천연덕스럽게 바지를 툭툭 털어내며 이렇게 말했다.

"저를 찾고 있었어요."

그러자 교장 선생님이 자기 코를 지그시 눌러 잡으며 말했다.

"마커스, 엄마가 데리러 오신다고 하지 않았니?"

"아직 안 오셨어요."

마커스가 한숨을 내쉬었다. 교장 선생님은 한동안 우리 둘을 번갈아 보다가 고개를 절레절레 흔들었다.

"마커스, 너는 여기 의자에 앉아서 기다려. 그리고 에밀리, 너는 어서 교실로 가도록 해. 곧 수업 시작종이 울릴 테니까."

교장 선생님은 휴대폰을 양복 주머니에 넣은 뒤 다시 교장실로 들어갔다. 마커스가 의자에 털썩 주저앉으며 말했다.

"또 하나의 은신처를 들켜 버렸네."

"도와줘서 고마워."

내가 말했다. 마커스는 은신처에 관해 이런저런 이야기를 더 했지만, 나는 그곳을 벗어나 교실로 향했다. 머릿속에는 교장 선생님의 전화 통화 내용만이 맴맴 돌았다.

교장 선생님은 아샤 자밀을 이용해 학생들이 기후 행진에 참여하지 못하도록 막고 있었다. 모든 게 교장 선생님 계획대로 착착 진행되고 있었던 거다. 이제 와서 내가 뭔가를 하기엔 너무 늦은 걸까?

특별 영상 업로드!

몸이 아팠다. 감기나 독감은 아니었다. 내 안에 잠재되어 있던 범죄 성향 때문이었다. 나는 내가 규칙이나 에티켓, 친절 등을 소중히 여기는 사람이라고 생각했다.

그런데 아멜리의 포스터를 훼손했을 뿐만 아니라, 의도한 건 아니었지만 마커스가 포스터를 망가뜨리는 데도 영향을 주었다. 이 일을 시작으로 마커스가 점점 더 나쁜 짓을 저지르게 될까 봐 걱정이 되었다. 어쩌면 나도······.

아주 어렸을 때, 나는 악몽을 자주 꾸곤 했다. 엄마는 나를 심리 상담사에게 데려갔다. 상담사 말에 따르면, 태어날 때부터 신경계가 유독 예민하게 태어나는 사람이 있다고 한다.

그래서 나 같은 사람은 스트레스가 몸에서 어떤 방식으로 반응하는지 미리 알고 있어야 한다는 것이다. 그걸 안다면 스트레스 반응을 스스로 조절할 수 있다나. 말은 아주 쉬웠다.

하지만 심리학 박사 학위가 없어도, 아멜리의 포스터를 망가 뜨리는 게 스트레스를 해소하는 좋은 방법이 아니라는 건 알 수 있었다. 어쩌면 나는 여전히 채드윅 선생님한테 화가 나 있는 건지도 몰랐다. 교장 선생님한테 분노하고 있는 걸 수도 있고.

수업이 끝나자마자 곧장 도서관으로 향했다. 채드윅 선생님은 이미 도서관의 불을 끈 상태였다.

"몇 분만 더 있어도 될까요? 이번 주 방송 대체분을 녹음하고 편집도 조금 해야 하거든요. 끝나고 나서 제가 문을 잠글게요."

내가 간절한 목소리로 부탁하자, 채드윅 선생님은 고개를 끄덕이며 불을 다시 켰다. 잉크 냄새로 가득한 도서관에 적막이 흘렀다.

나는 스튜디오에 들어가 컴퓨터 모니터와 오디오 믹서를 켜고 마이크 앞에 앉았다. 마치 암호화된 메시지를 보내려는 스파이가 된 듯한 기분이 들었다. 그래서인지 조금 긴장이 되었다.

준비, 비디오 테스트, 녹화. 나는 속으로 순서를 차근차근 되짚었다.

"안녕하세요? 에밀리 로렌스입니다. 시더뷰 톡톡에 오신 걸 환영해요."

나는 말을 멈추고 숨을 깊이 들이마신 뒤 침을 꿀꺽 삼켰다.

"저희의 특별 영상을 봐 주셔서 감사해요. 공식적인 10월 방송은 다음 주에 공개될 예정인데요. 오늘은 곧 있을 기후 행진에 관해 알려 드리고 싶어서요. 주최자 중 한 명과의 아주 특별한 인터뷰도 준비했답니다."

이 부분에서 마이아 언니의 녹음분을 이어 붙일 생각이었다. 그런 다음 마무리 멘트를 하면 될 터였다.

"기후 활동가 동아리 회장인 마이아 파슨스는 기후 변화야말로 인류가 직면한 가장 큰 위기라고 말했습니다. 그러면서 우리 모두가 목소리를 높여야 한다고 힘주어 말했지요. 우리 모두 힘을 모으면 기업과 정부로부터 더 많은 행동을 이끌어 낼 수 있습니다. 10월 29일 금요일에 열리는 기후 행진에서 여러분을 꼭 만날 수 있기를 바랍니다!"

이제 녹화된 비디오 파일을 편집해야 할 차례였다. 본래 다니엘라가 맡고 있는 이 작업은 보기보다 까다로웠지만, 짧게 녹화된 영상들을 하나로 이어 붙이는 것 정도는 나도 할 수 있었다.

잠시 후 완성된 영상을 쭉 재생해 보았다. 완벽하지는 않아도 메시지는 충분히 전달되었다. 나는 비디오 파일을 저장한 뒤 녹화본을 잠시 바라보았다. 이걸 정말 올려도 될까?

그때 어디선가 무슨 소리가 들렸다. 나는 깜짝 놀란 나머지, 의자에서 벌떡 일어나 스튜디오 밖을 내다보았다. 하지만 밖에는 아무도 없었다.

더 이상 기다릴 필요도, 걱정할 필요도 없었다. 나는 유튜브 계정에 들어가 영상 업로드 버튼을 클릭했다. 특별 영상이 학교 유튜브 채널에 게시되었다. 곧 구독자들에게 새로운 영상이 올라왔다는 알림이 갈 터였다.

이제 다 끝났다. 이 일로 큰 곤경에 처하게 될지도 모르지만, 이상하게도 기분이 좋았다. 옳은 일을 했다는 생각이 들어서였다.

에밀리 포스트는《에티켓》에서 이렇게 말했다.

에티켓이 사소해 보이는 어떤 것 이상의 의미를 지니려면, 매너뿐만 아니라 윤리도 포함되어야 합니다. 겉으로 드러나는 이미지보다 그 사람의 인품이 어떠한지가 훨씬 더 중요하기 때문입니다.

나는 범법자였다. 하지만 아주 고귀한 윤리적 이유를 지닌 범법자였다.

하지만 내 어설픈 도덕적 신념은 저녁 식사 시간이 되자마자 완전히 무너지고 말았다.

"이 만두, 직접 만든 거야?"

엄마가 묻자, 새아빠의 볼이 붉어졌다.

"응, 근데 얼마 안 걸렸어."

사실 아빠는 내가 집에 오기 전부터 만두를 빚고 있었다. 오션은 볶음밥에다 케첩을 마구 뿌리며 신나 했다. 하지만 나는 그 어떤 것에도 집중하지 못한 채 볶음밥을 간신히 씹어 삼켰다.

사실 엄마와 새아빠에게 내가 저지른 일을 전부 털어놓을 수도 있었다. 그러면 엄마와 새아빠가 학교에 연락해 대신 문제를 해결해 주겠지. 그 과정에서 특별 영상은 삭제될 테고.

나는 교장 선생님과 채드윅 선생님 사이의 논쟁에서 지고 싶지 않았다. 그래서 입을 꾹 다물었다.

설거지를 끝내고 내 방으로 돌아왔다. 나는 곧바로 보라색 러그에 주저앉아 휴대폰을 확인했다. 시몬한테서 문자 메시지가 열 통도 넘게 와 있었다.

(S) 세상에. 그거 너 혼자 찍어서 올린 거지, 그렇지?
왜 답장이 없는 거야?

(S) 오늘 오후에 머리를 손질하러 미용실에 갔다 왔더니, 그새 너는 반란을 일으켰구나. 나도 없이 말이야!

(S) 완전 소외된 기분이야.

(S) 혹시라도 등교 정지를 당하게 되면,
숙제는 내가 꼭 가져다줄게.

(S) 근데 진짜로 등교 정지를 당할 것 같아?

(S) 미안, 도움이 안 되네.

S ⟨ 그나저나 왜 답장을 안 하는 거야???

나는 시몬한테 전화를 걸었다. 신호가 가기도 전에 시몬이 전화를 받았다.

"네가 그런 일을 저질렀다니, 믿을 수가 없어!"

"나도 그래."

나는 흥분과 메스꺼움을 동시에 느꼈다.

"학교에서 어떻게 나올 것 같아? 네 생각에 학교에서 눈치챌 것 같아? 어쩌자고 그런 짓을 한 거야?"

나는 천천히 설명하려 애썼다.

"아직도 화가 나. 중요한 이야기를 할 수 없게 해서. 무엇보다 마이아 언니가 기후 행진을 위해 그렇게 열심히 발로 뛰고 있는데 말이야."

"나, 완전 감동받았잖아."

시몬이 내 의견에 동의한다는 걸 알고 나니 기분이 조금 나아졌다. 불현듯 다른 범죄(?)도 그냥 털어놓는 편이 낫겠다는 생각이 들었다.

"내가 지난주에 올린 셀카 있잖아?"

나는 닫혀 있는 방문을 힐끗 보며 속삭였다.

"우리 엄마는 아직 몰라."

"허락을 안 받고 올렸다고?"

시몬은 즉시 이 사건의 심각성을 깨달았다.

"응, 사실은 실수였어."

나는 그날 도서관에서 무슨 일이 있었는지 들려주었다. 그런 다음 내 인스타그램 피드를 확인해 보라고 했다. 셀카가 다섯 장 올라가 있었는데, 그중 하나에는 @realAshaJamil을 태그해 두었다.

나는 휴대폰을 스피커폰으로 해 놓고 화면을 스크롤했다.

"아, 이거 올린 거 깜빡할 뻔했다."

주스 팩을 재활용하는 사진이었다. 나는 그 사진에다 이렇게 적었다.

> ♥ ◉ ⚞
> 내 절친이 만든 것. 작은 노력도 모이면 큰 힘이 돼요!

갑자기 시몬이 비명을 질렀다.

"너, 팔로워가 오십 명이 됐어!"

시몬의 말에 계정을 확인해 보니, 정말로 팔로워가 오십 명으로 늘어나 있었다. 그중 한 명은 게시물도 없고 팔로워도 없었는데, PowerPatty9430845라는 이름의 군인으로 부사관이었다. 또 한 명은 에센셜 오일을 파는 웃통 벗은 남자였다.

나는 그 사람들을 곧장 차단했다. 그래도 여전히 많은 사람이 나의 게시물을 보며 나한테서 영향을 받고 있었다.

"다 이렇게 시작하는 거지. 이제 다음은 레드 카펫이야."

시몬이 말했다.

"우리 엄마한테 들키지 않는다면……."

"결국은 너희 엄마도 네 계정이 이렇게 세상을 위해 유용하게 쓰이고 있다는 걸 아시게 될 거야. 그런데 어떻게 계속 반대하실 수 있겠어?"

시몬의 말이 맞았다. 기분이 훨씬 더 나아졌다. 어쩌면 시몬은 포스터 훼손이나 마커스에 대한 걱정에 관해서도 쓸 만한 조언을 해 줄지도 몰랐다.

그래서 그 이야기를 꺼낼지 말지 고민하고 있는데, 갑자기 시몬이 아멜리가 추천한 비건 헤어 제품을 극찬하기 시작했다. 문득 아멜리의 매끈한 머리카락과 비교되는 내 머리카락 상태가 떠올랐다. 그 애의 포스터를 훼손한 것에 관해 이야기하고 싶었던 마음이 순식간에 사라져 버렸다.

시몬이 스피커폰 너머로 계속 수다를 떠는 동안, 나는 휴대폰을 스크롤하다가 우리 둘이 찍은 옛날 사진을 발견했다.

---❤💬✈-------------------------------

절친은 모든 것을 더 좋게 만들어요. 함께 세상을 바꿔요! #절친

이건 내 상상 속의 글이 아니었다. 그 사진을 인스타그램에 올렸다. 시몬이 즉시 내 게시물에 하트를 눌렀다!

나는 SNS의 '좋아요' 버튼이 뇌 안에서 소량의 행복 화학 물질, 그러니까 도파민을 분비하게 하고, 그것이 곧 중독으로 이어질 수 있다는 사실을 알고 있었다. 그래도 지금 이 순간만큼은

조금도 신경 쓰이지 않았다.

그런데 그때 갑자기 내 방문이 벌컥 열렸다. 하마터면 심장이 멎을 뻔했다. 나는 세상에서 가장 빠른 속도로 인스타그램를 끄고 홈 화면으로 돌아갔다.

"에밀리, 휴대폰 좀 그만해. 이제 자야지."

엄마가 침대 끝에 빨래 더미를 내려놓으며 말했다.

"시몬, 나 이제 끊을게."

"잘 자, 내 사랑하는 범죄……."

나는 얼른 전화를 끊었다.

"범죄 버섯이요. 버섯으로 새 별명을 지었거든요."

엄마는 고개를 저으며 밖으로 나갔다. 몇 분 후 엄마가 다시 내 방을 들여다봤을 때, 나는 빨래를 의자에 옮겨 두고 이불 속으로 들어가 있었다.

시몬의 응원 덕분에 이불을 머리끝까지 뒤집어쓰지 않아도 되었다. 이제 모든 게 좋아질 것 같았다. 그저 채드윅 선생님한테 이 모든 걸 어떻게 설명할지, 그리고 내가 옳았다는 걸 어떻게 납득시킬지 그 방법만 찾아내면 되었다.

"잘 자, 우리 딸."

엄마가 말했다. 하지만 그 뒤로 나는 오랫동안 깨어 있었고, 여러 가지 전략이 머릿속에서 끊임없이 맴돌았다.

수요일 아침, 나는 흐릿하고 피곤한 눈으로 잠에서 깼다. 머리가 지끈지끈 아팠다. 축축한 거리를 터벅터벅 걸어 학교로 향하는 동안, 혹시라도 다른 차원으로 빨려 들어갈 방법은 없는지 내내 고민했다. 심지어 밤사이 지진이 나서 학교에 가지 못하게 되는 상상을 하기도 했다.

정문에 도착했을 때, 등 뒤에서 차 문이 쾅 닫히는 소리가 들렸다.

"아빠, 고마워요!"

다니엘라의 목소리였다. 뒤를 돌아보니 매끈한 검정색 자동차가 서서히 멀어지고 있었다. 흘깃 보기는 했지만, 운전자의 얼굴이 어딘가 낯이 익었다.

다니엘라가 나한테로 급히 달려오며 말했다.

"으, 비가 오네. 서두르는 게 좋겠어. 안 그러면 늦을 거야."

다니엘라는 평소와 다르지 않았다. 유튜브에 대해서는 한마디도 하지 않았다. 어쩌면 시몬을 제외하고는 특별 영상을 신경 써서 본 사람이 없는지도 몰랐다. 심지어 채드윅 선생님과 교장 선생님까지도.

그 순간, 다니엘라가 어깨 너머로 나를 힐끗 보며 물었다.

"채드윅 선생님은 어떻게 설득한 거야?"

그럼 그렇지. 다들 알고 있었군.

"음……, 이러다 정말 늦겠다."

"에밀리, 내가 하고 싶은 말은……, 우리 아빠가 비록……, 나한테는 진짜 자랑스럽고……."

나는 다니엘라가 무슨 말을 하고 있는지 잘 들리지 않았다. 우리는 수업 종이 울리기 직전에야 간신히 책상 앞에 앉았다. 코트가 비에 흠뻑 젖어 있었다.

플로레스 선생님이 시계를 보며 비꼬듯이 말했다.

"오늘 아침엔 아주 아슬아슬하게 도착했구나?"

선생님은 유튜브에 올라간 특별 영상에 대해 전혀 모르고 있는 듯했다.

그때 스피커에서 안내 방송이 흘러나왔다. 나는 앞부분을 흘려들으며 오전 수업에 필요한 책들을 정리하다가, '스타'라는 말을 듣고는 고개를 번쩍 들었다.

교장 선생님 목소리였다.

"……다양한 유색 인종 여성들을 심도 있게 묘사하고, 그들을 스크린에서 생생하게 표현했다는 찬사를 받았습니다."

"누구 이야기야?"

나는 시몬에게 소곤거리듯 물었다.

"아샤 자밀! 기후 행진에 못 가는 건 아쉽지만, 그래도 아샤를 만날 수는 있잖아. 에밀리, 아샤를 만나면 어느 브랜드 신발을 신는지 꼭 물어봐야 해."

"시몬, 기후 행진은 엄청 중요한 거야. 그래서 내가 특별 영상까지 내보낸 거잖아."

"음, 그래. 많은 사람이 참여해야지. 하지만 우리는 아샤를 맞이해야 하잖아."

"나는 우리가 꼭 가야……."

시몬은 내 말을 듣고 있지 않았다.

시몬과 나는 복도를 따라 수학 교실로 향했다. 시몬이 갑자기 숨을 헉 들이마시며 내 팔을 세게 잡았다.

"어쩌면 아샤 자밀을 우리 유튜브에 초대할 수 있을지도 몰라!"

"아무래도 나는 더 이상 유튜브를 못 할 것 같아."

바로 그때, 아멜리가 우리 걸음을 따라잡으며 끼어들었다.

"유튜브 이야기가 나와서 말인데, 어제 리디아 영양사 선생님이랑 같이 교장실에 가서 채식 메뉴에 관해 이야기하기로 했잖아. 그거 기억나?"

나는 고개를 끄덕였다. 비록 그 일은 내가 처한 상황과는 아무 상관이 없지만.

"교장 선생님은 우리 이야기를 들으려고도 안 하셨어. CA에너지와의 협약과 기후 행진 문제만으로도 이미 곤경에 처해 있으시다면서, 괴상한 채식주의자들의 점심 문제까지 고민할 시간이 없다는 거야."

"괴상한 채식주의자들이라니!"

시몬이 복도 한가운데서 우뚝 멈춰 서며 소리쳤다.

"나도 조금 화가 났어. 아니, 엄청 화가 났지. 그런데 에밀리, 네가 유튜브 특별 영상을 올렸을 때는 정말로 기뻤어."

나는 아멜리와 시몬을 번갈아 보았다. 기후 행진 문제로 교장 선생님의 신경이 곤두서 있다는 말을 못 들은 걸까? 그러니까 내가 곧 퇴학당할지도 모른다는 그 신호를 알아채지 못한 거냐고!

"그건 옳은 선택이었어. 가끔은 먼저 허락을 구하는 것보다 나중에 사과를 하는 편이 더 나을 때가 있지."

아멜리가 단호하게 말했다. 지난주에는 아샤 자밀의 이름을 듣고 몹시 흥분했다. 그런데 이제 아샤와 관련된 이야기에는 전혀 관심이 생기지 않았다.

"왜 나를 교장실로 안 부르시지?"

나는 주변을 둘러보며 중얼거렸다. 그러자 시몬이 어깨를 으쓱해 보였다.

"그 영상을 아직 못 보셨나 보지. 그 사람들 세계에선 우리 유튜브가 그다지 중요하지 않을 테니까. 네 생각만큼 그렇게 신경 쓰지 않을지도 몰라."

나는 첫 문장만 받아들였다.

'그 영상을 아직 못 보셨나 보지.'

그 말인즉슨, 교장 선생님이 나중에 언제든 그 영상을 볼 수 있다는 뜻이었다, 오늘 중 어느 때라도.

갑자기 내 온몸의 피가 그대로 얼어붙는 것 같았다. 애초에 나는 왜 기후 행진 소식을 유튜브에 올리고 싶어 했을까? 차라리 인플루언서답게 패션이나 인테리어 같은 이야기를 올리는 게 낫지 않았을까?

수학 시간 내내 머릿속에는 아무것도 들어오지 않았다. 그러다 수업을 마치는 종이 울리기 딱 이 분 전에 소환장이 날아왔다.

채드윅 선생님이 문간에 나타나 손가락 하나를 구부려 나를 부르더니, 이어서 시몬을 가리켰다. 우리는 수학 선생님에게 양해를 구한 뒤 교실을 나섰다.

"치통이 나아지셔서 다행이네요."

나는 용기를 내어 말했다.

채드윅 선생님은 아무 대답도 하지 않았다. 교장실로 가는 길은 마치 영화의 한 장면 같았다. 매끄럽고 딱딱한 바닥에서 시몬의 구두굽 소리만 딸깍딸깍 울렸다.

교장실 앞에 이르자, 채드윅 선생님은 노크를 한 번 한 뒤 손잡이를 잡아 문을 열었다.

"좋은 아침이구나. 여기 앉아라."

교장 선생님은 '좋은 아침'이라는 말과 어울리지 않게 착 가라앉은 목소리로 말했다. 채드윅 선생님은 책상 뒤로 가서 팔짱을 낀 채 벽에 기대섰다.

"우리가 절차를 따르는 데는 다 이유가 있지. 우리의 최우선 순위는 언제나 학생들의 안전이니까."

"교장 선생님, 기후 위기는 학생들의 장기적인 안전에 매우 큰 영향을 미쳐요. 다시 말해……."

나는 의자에 앉아 자세를 고치며 말했다.

"아직 내 말이 안 끝났어."

교장 선생님이 한 손을 살짝 들어 올리며 말했다. 나는 채드윅 선생님의 표정을 읽으려 했지만, 완전히 무표정한 얼굴이었다.

교장 선생님이 말을 이었다.

"이건 너희의 안전하고도 관련된 거야. 만약 학생들이 그 행진에 참여하기 위해 학교를 떠났다가 길을 잃어버리거나 다치기라도 하면 어떻게 될까? 원칙적으로 너희가 책임을 져야 할 수도 있어. 그리고 그런 무모한 행동이 이번에 강당을 짓는 데 문제를 일으킬 수도 있고. 우리 학교와 지역 사회 모두가 원하는 강당을 말이야. 혹시 그걸 노린 거니?"

다리가 덜덜 떨렸다. 소설에나 나오는 일인 줄 알았는데, 실제로 내게 벌어지고 있는 상황이었다. 시몬을 슬쩍 보니, 평소에 황갈색이던 피부가 창백한 베이지색으로 변해 있었다.

내가 얼른 말했다.

"그 영상은 제가 올린 거예요. 그러니 책임도 제가 지면 돼요."

"그러니?"

교장 선생님이 시몬을 유심히 보며 물었다. 시몬이 나를 쳐다보았다. 그 순간, 시몬의 머릿속에서 무슨 일이 일어나고 있는지 정확히 알 수 있었다. 시몬은 나를 버리고 싶어 하지 않았다.

"교장 선생님, 시몬은 그때 학교에 있지도 않았어요. 약속이 있어서 수업 끝나고 바로 갔거든요. 아멜리한테 물어보시면 돼요."

교장 선생님이 고개를 천천히 끄덕였다.

"에밀리, 유감스럽지만 우리는 어떻게든 조처를 내려야 해. 그 유튜브 팀에서 당장 빠지는 게 좋겠다."

이미 예상한 일이었다. 하지만 교장 선생님의 말을 곱씹어 보다가 새로운 사실을 하나 깨닫게 되었다. 아샤 자밀에게 학교 소개하는 일을 내가 맡을 수 없으리라는 것!

그러니 학교 정문 계단에서 아샤 자밀과 셀카를 찍고, 그게 입소문이 나서 팔로워 수가 수천 명으로 늘어나는 일은 결코 일어날 수가 없게 되었다. 학교 유튜브에 올린 단 하나의 영상으로 내 미래가 완전히 꼬여 버렸다.

나는 등을 곧게 펴고 앉아 교장 선생님을 똑바로 쳐다보려 애썼다. 울지 말라고 스스로를 다독이며 똑바로 앉아 있는 건 정말이지 어려운 일이었다.

교장 선생님이 나를 바라보며 말했다.

"네가 올린 특별 영상은 삭제되었어. 기후 행진에 대한 생각도 네 마음속에만 간직하길 바란다."

교장 선생님이 시몬에게로 시선을 돌렸다.

"시몬, 이번 일은 경고라고 생각해. 다음엔 이렇게 끝나지 않을 거야."

"하지만 교장 선생님, 시더뷰 톡톡은……."

교장 선생님이 시몬의 말을 막았다.

"유튜브는 학생들 모두의 목소리를 대변하기 위한 거야. 소수의 극단적인 의견이 아니라……."

울지 마, 울지 마, 울지 마.

"무슨 말인지 알겠니?"

교장 선생님이 책상 너머에서 우리를 바라보며 물었다. 우리는 조용히 고개를 끄덕였다.

"그럼 이제 나가 보도록 해."

채드윅 선생님은 우리가 교장실 밖으로 나가자 등 뒤에서 문을 닫았다.

나는 여자 화장실에 들어가기 전까지 울지 않았다. 이것만으로도 나름대로 승리하고 있다고 생각했다. 하지만 화장실 칸막이 안으로 들어가자마자, 한바탕 눈물을 쏟아 내며 통곡하듯 엉엉 울었다.

"이제 그만 울어. 그런 사람 때문에 네가 울면 안 되지. 나는 네가 한 일이 정말 자랑스러워."

시몬이 종이 타월을 건네며 말했다.

"속상해서 우는 거 아니야."

하지 못한 말이 수십 마디가 넘었다. 내가 먼저 이렇게 말했어야 했다.

"학교 측의 편집권 간섭으로 사임하겠습니다."

"속상하고 슬퍼서가 아니라 화가 나서 그래! 그리고 특별 영상을 유튜브에 올린 건 전혀 후회하지 않아. 화가 나는 건 채드윅 선생님이 교장 선생님 편을 들어서야. 그리고……."

"이건 완벽한 검열이야. 너는 충분히 분노할 권리가 있어."

시몬이 내 팔을 꽉 쥐며 말을 이었다.

"걱정하지 마. 어떻게 해서든 우리는 이 상황을 이겨 나갈 테니까. 이럴수록 우리 팀은 계속해서 최고의 영상을 만드는 거야. 알겠지?"

나는 고개를 끄덕였다. 시몬의 말이 맞았다. 몇 주 후면 나는 다시 '시더뷰 톡톡' 팀으로 돌아갈 테니, 그동안 채드윅 선생님과 이야기를 잘 나누고…….

"네가 돌아올 때까지, 아멜리가 도와줄 수 있을지 모르겠네."

시몬이 중얼거렸다.

뭐, 아멜리? 시몬이 지금 아멜리한테 내 자리를 맡기려는 거야?

시몬이 물었다.

"괜찮아? 우리, 이제 갈까?"

나는 하도 울어서 대답을 하기가 힘들었다.

"눈이 너무 빨개서 말이야. 너, 먼저 가. 금방 따라갈게."

내가 간신히 말하자, 시몬이 나를 한 번 더 꽉 안아 주고는 밖으로 나갔다. 나는 화장실 밖으로 나가기 전에 숫자를 100까지 셌다. 배신감을 제대로 느낀, 아주 긴 백 초였다.

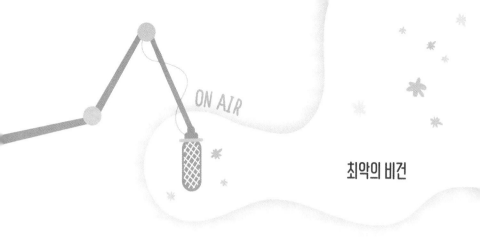

최악의 비건

이불을 머리끝까지 뒤집어쓴 채 침대에 웅크려 있는 것 말고
는 아무것도 하고 싶지 않았다. 그런데 집에 도착하자, 오션이 까
치발로 껑충껑충 뛰면서 현관문 앞에서 나를 기다리고 있었다.

"잭슨이랑 이야기했는데, 오늘 레모네이드 가판대를 열 거야!"

나는 잿빛 하늘을 올려다보며 대답했다.

"오션, 곧 비가 내릴 거야. 비 오는 날엔 아무도 레모네이드를
마시지 않아."

"아빠가 해도 된다고 했어, 보호자만 있으면. 근데 아빠는 지금
바빠. 두 단어만 말할게. 비, 그리고 데."

"비데는 한 단어야."

"그러면 너무 크고 위험한 단어가 될 텐데?"

으윽! 그 사건을 완전히 잊고 있었다.

"레모네이드 가판대는 여름에나 하는 거야. 길거리에 다니는 사람들이 너무 더워서 목말라 할 때."

"아주 짤막한 전화 한 통이면 모든 게 끝나. 잭슨이나 시몬 누나한테⋯⋯."

"너는 시몬 전화번호도 모르잖아."

"아니면 지금 당장 잭슨네 집으로 갈 수도 있어. 그러면 그 엉덩이 얘기가 순식간에 쫙 퍼질 텐데."

오션이 비데에서 물 쏟아져 나오는 소리를 낸 뒤, "이거 어떻게 꺼?" 하며 내 말투를 흉내 냈다. 나는 이를 악물며 말했다.

"좋아."

그러자 오션은 나를 꽉 끌어안더니 부엌으로 달려가 새아빠한테 이 소식을 전했다.

"에밀리 누나가 도와줄 거예요!"

나는 현관에 걸린 가면들 아래에 가방을 내려놓았다. 새아빠가 부엌에서 나와 미소를 환히 지었다.

"에밀리, 정말 착하구나. 도와줘서 진심으로 고마워."

이렇게 해서 나는 이 여덟 살짜리 꼬맹이와 꼼짝없이 같이 있게 되었다.

나는 투덜투덜하면서 오션이 접이식 테이블을 인도로 옮기는 것을 도왔다. 오션이 잭슨을 데리러 간 사이, 우리 집 옆쪽에 접이식 의자를 갖다 놓고 앉았다. 가판대를 지켜볼 수 있을 만큼은 가깝지만, 레모네이드 판매원으로는 보이지 않을 만큼의 거리에.

잠시 후, 잭슨이 휠체어를 타고 경사로를 따라 내려왔다. 오션은 잭슨의 휠체어 뒤에서 폴짝폴짝 뛰어 내려오고 있었다.

잭슨이 내게 말했다.

"밖에 나오니까 조금 쌀쌀하네요."

"여름이 아니니까 그렇지."

"따뜻한 음료가 있으면 좋겠어요. 그리고 담요도요."

나는 발을 쿵쿵거리며 집으로 들어가 소파에서 담요를 하나 집어 들었다. 그리고 따뜻한 차 두 잔을 만든 뒤 밖으로 나와 테이블에 내려놓았다.

잭슨이 미소를 지으며 말했다.

"고마워요, 비데. 아니, 그러니까 베이비."

둘 다 부적절한 단어였다! 오션이 잭슨한테 비데 사건에 대해 이미 말한 게 틀림없었다. 나는 오션을 노려보며 낮은 목소리로 엄하게 말했다.

"내가 이 바보 같은 가판대를 지켜보고 있는 이유는 네가 나를 협박했기 때문이야. 그런데 네가 이미 잭슨에게 말했으니, 더 이상 나는 여기 있을……."

"오션이 시몬 누나한테 말할 수도 있어요."

잭슨이 잽싸게 끼어들었다. 나는 발을 쿵쿵거리며 의자로 가서 몸을 휙 던졌다.

밖에 얼마나 더 앉아 있어야 하는지 계산하고 있는데, 하키 선수처럼 보이는 남자가 커다란 스포츠 가방을 어깨에 걸치고서 껌을 질경질경 씹으며 걸어오고 있었다. 레모네이드를 사는 여느 사람들과는 좀 다른 모습이었다.

남자는 멈춰 서서 아이들과 몇 분 동안 이야기하더니, 지갑을 꺼내 5달러를 건넸다.

그 순간, 휴대폰이 진동했다. 다니엘라한테서 문자가 왔다.

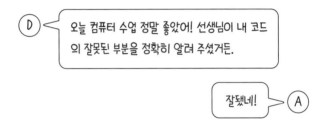

다니엘라가 어떤 프로그램을 코딩하고 있는지 전혀 몰랐지만, 응원해 주어서 나쁠 건 없었다. 하지만 문자를 더 보내지는 못했다. 레모네이드 가판대에서 벌어지는 일들로 정신이 하나도 없었기 때문이다.

그 후에 이웃 사람이 여럿 찾아왔다. 유모차를 끌고 가던 남자, 잭슨네 엄마, 검은 머리를 길게 땋은 여자가 차례로 와서 레모네이드를 한 잔씩 사 갔다. 그 여자는 아이들과 이야기를 나누다가 꽤 재미있었는지, 아예 공책을 꺼내 둘이 하는 말을 전부 적기 시작했다.

새아빠가 상황을 살피러 나오자, 여자는 새아빠와도 길게 이야기를 나눴다. 그런 다음 녀석들의 사진을 찍어 갔다! 일이 점점 이상하게 흘러가고 있었다.

여자가 떠나고 새아빠가 집 안으로 들어가자, 아이들이 내게 손짓을 했다.

"손님들이 우리가 말한 금액보다 더 많이 내고 갔어!"

오션의 말에 잭슨이 덧붙였다.

"누나가 지금까지 번 돈보다 우리가 여기서 레모네이드를 판 돈이 더 많을걸요?"

나는 녀석의 뒤통수를 한 대 때리고 싶은 충동이 일었지만 꾹 눌러 참았다.

"안녕하세요? 여기 좀 보세요! 레모네이드 있어요!"

그때 오션이 나를 거의 뒤로 밀쳐 내다시피 하며, 길 건너에서 개를 산책시키는 여자를 향해 손을 흔들었다.

"수익금은 전부 좋은 곳에 사용됩니다!"

그 말에 여자가 방향을 틀어서 이쪽으로 왔다.

"자선 단체에 기부하는 거야?"

내가 물었다.

"저희는 장애가 있는 아이를 돕고 있어요."

두 아이는 동시에, 내가 아니라 개를 산책시키는 여자를 향해 대답했다. 아니나 다를까, 여자는 지갑을 꺼내 5달러를 건넸다.

여자가 떠난 후, 내가 아이들에게 말했다.

"꽤 인상적인데?"

"누나가 도와주면, 우리는 내일도 또 할 수 있어!"

오션이 말했다. 이제 보니 내 의붓동생과 옆집 친구가 완전히 사악한 애들은 아닌 것 같았다.

"조만간 또 할 순 있겠지."

이 말만으로 두 아이는 환하게 미소를 지었다.

그날 저녁, 나는 오늘 하루 동안 학교에서 겪은 일들을 가족들한테 다 털어놓으면 어떻게 될지 잠시 상상해 보았다. 학교 유튜브 팀에서 해고되는 불명예, 아샤 자밀을 만날 수 없을 거라는 깨달음, '시더뷰 톡톡'의 내 자리를 꿰찬 아멜리에 대한 배신감과 상실감.

그 생각을 하자 목이 메이기 시작했다. 입을 여는 순간부터 눈물이 왈칵 쏟아져 나올 것만 같았다. 어차피 엄마는 기후 행진에 대한 학교 측 결정에 좀 더 공식적인 방법으로 항의했어야 한다고 말할 것이다. 건의서를 쓰거나 하는 식의······.

마침 새아빠가 치킨 토르티야 수프를 내게 건넸다. 하루 종일 끓여서 그런지 입에서 살살 녹았다. 이 수프는 새아빠의 요리 중에서도 손에 꼽을 만큼 맛있었다. 하지만 비건 요리는 아니었다.

나는 정말이지 최악의 비건이었다. 게다가 이번 주에 인스타그램에 비건 관련 웹 사이트 링크를 올렸으니, 엄청난 위선자이기까지 한 셈이었다. 하지만 모두가 알고 있지 않나? 인플루언서의 온라인 인격이 실제의 모습과 완전히 똑같지는 않다는 걸.

그런데 내가 정말로 위선자라면 어떡하지? 우리 유튜브를 CA 에너지에 팔아넘긴 채드윅 선생님 같은 위선자라면? 학교를 아예 그 기업에 팔아 넘긴 것처럼 보이는 교장 선생님 같은 위선자라면?

수프를 맛있게 먹는 엄마와 오션을 가만히 바라보았다. 나는 수프를 마저 먹을 수가 없었다.

"먼저 일어나도 될까요?"

내가 이렇게 묻자 엄마의 미간이 좁아졌다.

"에밀리, 혹시 무슨 일 있니?"

엄마는 예전에 나를 저런 식으로 자주 쳐다보았다. 나는 세상에서 유일한 엄마의 걱정거리였다.

"그냥 피곤해서요."

나는 방으로 올라가 이불을 머리끝까지 뒤집어썼다. 이불 속에 웅크린 채, 아샤 자밀의 인스타그램 피드를 쭉 스크롤했다. 그중에서 흰색 협탁에 밝은 청록색 실크 스카프를 올려놓고 찍은 사진이 눈에 들어왔다. 파란색 꽃이 담긴 흰색 꽃병과 함께 찍어서 정말이지 감각적이고 멋있었다.

하지만 지금은 이 모든 게 조금 공허하게 느껴졌다. 아샤가 우리 학교에서 기후 행진의 대체물로 이용되고 있다는 사실을 생각하면 더욱더 그랬다. 아샤는 이 사실을 알고 있을까? 직접 물어보고 싶어서 입이 근질근질했다.

> @realAshaJamil, 시더뷰 중학교에서 당신을 일부러 그날 학교로 초대해, 학생들이 기후 변화에 대한 목소리를 내지 못하게 막고 있다는 사실을 알고 있나요?

아샤를 태그해 이런 글을 올리고 싶었다. 하지만 결국 그렇게 하지 못했다. 내가 다니는 학교 이름을 인스타그램에 공개적으로 올리면 안 된다는 것쯤은 잘 알고 있었기 때문이다.

그때 엄마가 내 방으로 들어왔다. 나는 얼른 화면을 끄고 휴대폰을 베개 위로 휙 던졌다.

"이제 막 숙제를 하려던 참이었어요."

엄마가 침대 가장자리에 앉으며 말했다.

"누나가 된다는 건 쉽지 않은 일이야. 나도 언니 노릇을 해 봐서 잘 알고 있어. 동생이 생겼다는 건 큰 변화이고, 적응하는 데 시간이 좀 걸리지. 너희 새아빠나 나는 너희 둘이서 더 많은 시간을 보내야 한다고 생각해. 그래서 이제부터 금요일 오후는 너희 둘만의 시간을 갖게 할까 해."

음……, 지금 엄마가 뭐라고 한 거지?

"이제 너는 성숙하고 책임감 있는 청소년이잖니? 그러니까 일주일에 반나절 정도는 오션을 돌보는 게 어렵지 않을 거야."

"엄마, 저도 할 일이 있다고요!"

"이 세상에 가족보다 중요한 건 없어. 그리고 이 문제에 있어서는 너랑 협상할 생각이 없단다."

엄마는 충격에 빠져 어떠한 반응도 할 수 없는 내 몸을 꼭 안아 주었다. 그런 다음 마치 우연인 듯 베개 위에 있던 내 휴대폰을 집어 들고는 비밀번호를 입력했다.

"시몬이 그러는데요, 채드윅 선생님이 플로레스 선생님을 좋아한대요."

나는 엄마의 주의를 돌리기 위해 아무 말이나 생각나는 대로 내뱉었다.

"정말? 너랑 시몬은? 누구 좋아하는 사람 없어?"

"엄마!"

"흐으음……."

엄마의 신음은 선생님들의 연애 이야기와 관련된 것이 아닌 게 분명했다. 왜냐하면 지금 막 인스타그램 앱을 열었으니까.

"에밀리, 이거 네가 올린 거야? 네 사진?"

엄마는 도저히 믿을 수 없다는 듯한 얼굴로 물었다. 그러면서 '사진'이란 단어가 마치 욕설이라도 되는 듯 힘주어 강조했다.

"실수였어요."

"인스타그램에 네 사진을 올린 게 실수였다고?"

"제 사진을 올리면 어떨지 상상하면서 글을 써 봤는데, 학교에서 마커스가 갑자기 놀라게 하는 바람에 실수로 게시 버튼을 누르게 되었어요. 그다음엔 어차피 셀카가 올라간 김에 중요한 것들 몇 가지를 덧붙인 거고요."

"그러니까 '아샤의 신발은 진짜진짜 최고예요! 내 신발도 어서 빨리 아샤한테 보여 주고 싶어요.' 이런 게 중요한 거라고?"

엄마 목소리는 나직하고 차분했다. 상황이 좋지 않다는 뜻이었다.

"인플루언서로서 중요한 것만 딱 올릴 순 없어요. 재미있고 흥미로운 콘텐츠로 사람들을 끌어들인 다음에, 좀 더 진지한 이슈를 추가하는 거거든요. 제가 올려 둔 팔레트 픽시의 영상을 보시면……."

엄마는 내 말을 듣고 있지 않았다.

"에밀리, 너한테 실망이 크구나. 네가 이런 일을 할 거라고는 상상도 못 했어."

"그건 죄송해요. 하지만……."

"더는 한 마디도 하지 마. 이 일에 대해 좀 더 생각해 봐야겠어. 네 휴대폰은 내가 갖고 있을 거야. 당연히 그동안 SNS 활동을 절대로 해서는 안 되겠지?"

"잠깐만요! 시몬한테 문자만 하나 보내고……."

엄마는 나를 쳐다보았다. 앞으로 다시는 시몬한테 문자 메시지를 보내지 못할 수도 있다는 듯 살벌한 눈빛으로. 그런 다음 방문을 쾅 닫고 나갔다.

당연히 내가 지금 제일 하고 싶은 일은 시몬한테 전화해서 모든 걸 말하는 거였다. 하지만 우리 집에 유선 전화는 아래층에 하나밖에 없었다.

나는 침대에 드러누웠다 내 인생은 사실상 망했다. 바로 그때 진짜로 끔찍한 사실이 떠올랐다. 금요일마다 오션과 둘이 있어야 한다는……!

엄마가 한 말은 생각하면 생각할수록 화가 났다. 엄마는 내가 SNS를 책임감 있게 사용할 수 있다는 걸 알고 있었다. 그게 미래에 내가 바라는 꿈이자 직업이라는 것도. 그러면 나를 응원해 줘야 하는 것 아닌가!

금요일 오후의 계획이란 것도 말로는 오션과 나의 유대감 형성 때문이라고 하지만, 솔직히 새아빠랑 둘이서 밖에 나가 시간을 보내려는 의도인 게 뻔했다. 게다가 엄마는 "이 세상에서 가족보다 중요한 건 없어."라고 늘 입버릇처럼 말하면서 엄마의 진짜 가족인 나를 원래 살던 아파트에서 멋대로 끌고 나왔다.

○♡ 내 인생은 어떻게 시작도 하기 전에 끝나 버렸을까.

인스타그램에 이렇게 나중에 올릴 글을 미리 생각해 봐야 아무 소용 없었다. 이대로라면 내가 여든 살 정도는 되어야 SNS에 뭔가를 자유롭게 올릴 수 있을 테니까.

다음 날 아침, 학교에 도착하자마자 시몬이 나를 찾아왔다.

"문자 보냈는데, 왜 답이 없는 거야?"

"엄마가 내 휴대폰을 가져가셨어."

내 말에 시몬이 숨을 헉 들이마셨다.

"문제는 이게 최악이 아니라는 거야. 교장 선생님이 나를 유튜브 팀에서 내쫓았잖아. 그러니까 나는 아샤를 만나지 못……."

하지만 시몬은 내 말을 듣고 있지 않았다. 휴대폰 화면에 집중하고 있었다.

"어제저녁에 아멜리랑 비건 동아리 인터뷰를 하면서 녹화까지 했거든. 그런 다음에 너한테 영상 파일을 보냈는데, 그럼 그것도 못 봤어?"

"휴대폰 없다니까."

"내 걸로 보면 되지!"

그때 다니엘라와 아멜리가 이쪽으로 다가왔다. 어쩔 수 없이 우리는 다 함께 시몬의 휴대폰으로 영상 파일을 재생했다.

시몬과 아멜리는 유튜브에서도 아주 환상적인 공동 진행자가 되어 둘만의 유대감을 쌓아 가겠지. 아샤 자밀은 우리 학교 아이들을 전부 매료시켜서 기후 행진 같은 건 아예 기억도 하지 못하게 만들 테고. 결국 그렇게 세상은 종말을 맞이하겠군.

나는 엄마가 내 휴대폰을 빼앗아 가면서, 결국 이 세상의 종말을 불러오게 된 것만 같아서 속이 부글부글 끓었다.

아멜리 학교의 모든 소식을 전해 드리는, 시더뷰 톡톡! 오늘의 진행자는 바로 저, 아멜리 카타네오와…….

시몬 시몬 안입니다. 여러분들은 올가을에 복도에서 아멜리를 만난 적이 있을 거예요. 아멜리는 전학 온 지 얼마 안 되었지만, 이미 학교에 많은 변화를 일으키고 있거든요. 우선 우리 학교에 비건 동아리를 만들려고 해요.

아멜리 저를 시더뷰 톡톡에 불러 줘서 감사해요! 이 학교에 온 지 몇 주밖에 안 되었지만, 벌써 시더뷰 톡톡의 팬이 되어 버렸어요. 여기서 채식이 얼마나 중요한지 이야기할 수 있게 되어 진짜 기뻐요. 채식을 하면 건강에도 좋고 동물권도 보호할 수 있어요. 무엇보다 탄소 배출을 줄여 기후 위기를 막는 데 큰 도움이 되지요.

시 몬 자, 그러면 아멜리, 우리 학교에 어떤 변화가 찾아오기를 기대하나요? 비건 동아리는 무엇을 목표로 활동할 예정인가요?

아멜리 저는 이미 영양사 선생님과 교장 선생님을 만났어요. 급식에 아직까지는 비건 메뉴가 없지만, 앞으로는 식단을 짤 때 추가할 예정이라고 합니다.

시 몬 정말 흥미로운 소식이군요, 아멜리. 다들 기후 변화에 관심이 많으니 비건 메뉴도 반길 거예요. 세상을 바꾸는 데 도움을 줘서 진짜 고마워요!

아멜리 저도 고마워요!

시 몬 자, 이번 주 시더뷰 톡톡은 여기까지입니다. 학교의 모든 소식을 전해 드리는 시더뷰 톡톡, 다음 주에도 꼭 봐 주세요!

"완벽해!"

나는 시몬에게 휴대폰을 돌려주며 말했다. 그러자 아멜리가 시몬의 어깨를 가볍게 톡톡 치며 속삭였다.

"에밀리한테 그거 말해 줘. 교장 선생님이 뭐라고 하셨는지."

나는 약간의 기대감을 가지고서 고개를 들었다. 하지만 시몬은 어딘가 불편한 듯한 표정을 지었다.

"네가 아샤 자밀을 얼마나 만나고 싶어 하는지 잘 알아. 그런데 교장 선생님이 나랑 아멜리한테 아샤를 인터뷰하라고 말씀하셨어."

"흠, 잘됐네."

나는 억지로 미소를 지어 보였다. 그러자 시몬이 말했다.

"어휴, 화 안 내서 정말 다행이다."

시몬과 아멜리는 함께 소리를 지르며 껑충껑충 뛰었다. 그러자 다니엘라가 두 손으로 귀를 막았다. 시몬이 말을 이었다.

"10월 기사는 이미 꽉 차서 아샤 인터뷰는 11월에 내보내야 할 것 같아……."

"시몬!"

갑자기 내 목소리가 사납게 튀어나왔다. 나는 숨을 크게 들이마신 뒤, 평소와 같이 차분한 목소리로 말하려 애썼다.

"잠깐 나 좀 볼래? 우리 둘이 할 이야기가 있어서 말이야."

이건 다니엘라와 아멜리한테 무례한 행동이었지만, 나로서도 어쩔 수가 없었다. 시몬은 곧 나를 따라서 화장실로 갔다.

"내가 기후 행진 소식을 유튜브에 올린 이유가 뭔지 알아?"

나는 시몬한테 교장실에서 들은 이야기를 전부 들려주었다. 교장 선생님이 아샤 자밀 같은 유명 연예인을 이용해 학생들을 통제하고 기후 행진에 관한 관심을 떨어뜨리려 한다고 말이다.

"완전 충격적이지?"

시몬은 천천히 고개를 끄덕였다.

"응, 그러네. 하지만 어차피 우리 엄마는 기후 행진에 데려다줄 수 없다고 하셨어. 금요일에 바쁘시대."

"시몬, 기후 행진에 자동차를 타고 갈 수는 없어. 전기차라면 또 모를까. 우리는 어차피 자전거나 버스를 타고 가야 해."

"그리고 교장 선생님이 나랑 아멜리한테 아샤 자밀을 직접 만나서 질문할 수 있는 기회를 주셨잖아."

"아샤를 만날 수 있으니, 이 세상의 미래 따윈 이제 아무 상관 없다는 거야?"

"에밀리, 이건 엄청난 기회야! 너도 똑같이 생각했을걸? 네가 만약 유튜브 팀에서 쫓겨나지만 않았다면 말이야. 그리고 너, 예전에는 이렇게까지 기후 변화에 관심을 가지지 않았잖아."

나는 마치 도서관의 금붕어처럼 입을 벙긋했다가 다물었다. 그러다 잠시 후 간신히 입을 떼었다.

"관심 있었어!"

"언제부터?"

"항상 그랬지! 세상이 망해 가고 있잖아! 우리는 포스터도 만들었어. 주스 팩 재활용 프로그램도 진행했고. 기억 안 나? 내가 기후 변화에 얼마나 관심이 많은지 정말 모른단 말이야?"

"나는 네가 지금 아멜리가 너 대신 아샤를 인터뷰하게 돼서 화난 것처럼 보이거든. 너, 아멜리가 전학 온 후로 계속 질투했잖아.”

“헉, 말도 안 돼!”

나는 진짜로 억울했다.

“너는 처음부터 아멜리를 좋아하지 않았어.”

시몬이 다시금 강조했다.

“아니야, 아멜리의 머리카락이 얼마나 멋진데!”

솔직히 이건 마땅한 대답이 아니었다. 하지만 내 입에서 이런 말이 튀어나와 버렸다. 나는 말을 마저 이었다.

“그래, 그럼 내가 한마디만 하자. 같잖은 프랑스 모자를 쓰고서 우아한 척하는 사람을 뭐라고 하는 줄 알아? 왕재수 아첨꾼!”

그때 화장실 문이 열리면서 플로레스 선생님이 고개를 슬쩍 내밀었다.

“이런! 얘들아, 괜찮은 거니?”

조금도 괜찮지 않았다. 내 의지와 상관없이 눈물이 뺨을 타고 흘러내렸다. 나는 몸을 돌려 화장실 칸 안으로 들어가 휴지를 둘둘 말았다.

“죄송해요, 플로레스 선생님. 저희는 괜찮아요.”

시몬이 가라앉은 목소리로 말했다.

“에밀리?”

플로레스 선생님이 나를 불렀다. 나는 휴지 뭉치를 입에 댄 채 겨우 대답했다.

“정말 괜찮아요.”

"그래, 교실에 가 있을 테니까 뭔가 이야기하고 싶은 게 있으면 언제든 찾아와."

플로레스 선생님은 이렇게 말하고는 화장실에서 나갔다.

시몬은 선생님을 따라 화장실을 나가려다 말고 내게 말했다.

"기후 행진 때문에 속상한 거 알아. 아샤를 못 만나서 실망한 것도. 하지만 이건 나한테 엄청난 기회야. 네가 진정한 친구라면 나를 응원해 줘."

그리고 시몬은 화장실을 떠났다. 나는 이제 공식적으로 버려진 채 홀로 기후 정의를 위해 험난한 길을 가야 했다.

이런 상황을 엄마한테 이야기할 수 있다면 참 좋겠다. 하지만 엄마가 학교 유튜브에 멋대로 영상을 올린 걸 알게 된다면, 화가 두 배로 치솟을 게 분명했다. 그러면 내 휴대폰은 최소 십 년 안에는 돌려받기 힘들겠지.

새아빠와 오션은 부엌에서 댄스파티를 벌이고 있었다. 그래서 나는 현관 계단에 쪼그리고 앉아 이 모든 문제를 어떻게 해결할 수 있을지 방법을 찾아내려 애썼다.

우선은 아샤를 인터뷰하느라 기후 행진에 가지 않겠다고 하는 시몬의 마음을 돌려야 했다. 그리고 나는 기후 행진 때 무대에 올라 즉석에서 연설을 해야 할 듯싶었다. 휴대폰 없이도 수천 명에게 영향력을 미쳐야 하니까.

그 순간, 마이아 언니가 떠올랐다. 그 언니라면 좋은 아이디어를 줄 수 있을지도 몰랐다. 하지만 불행히도 그 언니의 연락처는 압수당한 내 휴대폰 안에 있었다.

머리가 폭발하기 직전, 엄마가 자동차에서 내려 문을 닫고는 나를 향해 서둘러 걸어왔다.

"에밀리! 조금 있다가 이것 좀 봐!"

엄마는 매우 환하게 웃고 있었는데, 한쪽 겨드랑이에 신문이 끼워져 있었다. 이윽고 나를 지나쳐 현관문을 열며 소리쳤다.

"여보? 오션? 다들 집에 있나? 여기 와서 이것 좀 봐."

새아빠와 오션이 땀을 뻘뻘 흘리며 부엌에서 나왔다.

"오션, 너 이제 유명해졌어!"

엄마는 겨드랑이에 있던 신문을 꺼내 쫙 펼쳤다. 〈웨스트 사이트 커뮤니티 뉴스〉 1면에 잭슨과 오션의 사진이 실려 있었다. 둘은 똑같이 환하게 웃고 있었다.

"10세 이하의 영웅 10명, 우리 동네의 떠오르는 스타들을 만나 보세요."

엄마는 대문짝만하게 쓰여 있는 헤드라인을 큰 소리로 읽었다. 오션이 엄마에게 바싹 다가가 팔꿈치 너머로 신문을 읽으려 애썼다.

"뭔데에요? 와, 내가 떠오르는 스타라고요!"

"오션, 기억나? 그때 가판대에서 우연히 기자분을 만나 이야기를 나눴잖아. 자, 뭐라고 했는지 한번 들어 보자."

새아빠가 미소를 지으며 말했다.

"읽어 주세요! 읽어 주세요! 읽어 주세요!"

오션이 계속 외쳤다. 엄마가 목청을 가다듬으며 기사를 읽기 시작했다.

10세 이하의 영웅 10명

잭슨 존스턴은 뇌성마비로 태어났습니다. 잭슨의 가장 친한 친구인 오션 패터슨은 잭슨과 같은 친구들에게 도움을 주고 싶다고 생각하게 되었다지요. 지난 수요일 오후 길거리에서 우연히 레모네이드 가판대를 마주치게 되었습니다. 그런데 가판대를 운영하고 있는 건 여덟 살짜리 두 어린이였어요. 아이들은 장애가 있는 사람들을 위해 이미 35달러 이상을 모금한 상태였습니다. 굉장히 굳은 날씨였는데도 불구하고 말이지요. 이 어린 사회적 기업가들 덕분에 우리 지역 사회의 미래가 무척 밝아졌습니다.

_이터니티 윌리엄스 기자

엄마와 새아빠, 그리고 오션은 손바닥을 마주 치며 하이 파이브를 했다.

"너희 둘이 레모네이드 가판대를 연 건 정말 잘한 일이야."

엄마가 감동받은 목소리로 말했다.

나는 기사를 마저 읽었다. '10세 이하의 영웅 10명'에는 동물 보호소 자원봉사자, 바이올린 영재, 체조 선수 두 명, 나이 든 이웃의 잔디를 깎아 주는 아이, 수영 선수, 체스 선수, 그리고 피아니스트가 있었다. 처음으로 나도 '10세 이하'였으면 좋겠다는 생각이 들었다.

금요일이었다, 휴대폰이 없는. 나는 눈을 뜨는 순간, 앞으로 정확히 일주일 남았다는 사실을 떠올렸다. 기후 행진과 아샤 자밀의 학교 방문, 그리고 지구 종말의 순간까지.

학교에 가자 시몬이 아무 일도 없었던 것처럼 행동했다. 그래서 나도 짐짓 그렇게 했다.

수학 시간에는 내가 떨어뜨린 지우개를 시몬이 주워 주었다. 사회 시간에는 브라이스가 다니엘라 옆에 앉으려 하는 걸 보고, 시몬과 내가 잽싸게 달려가 다니엘라 양옆에 앉았다. 아멜리도 재빨리 걸어와 다니엘라 뒤에 자리를 잡았다. 시몬과 아멜리가 아샤 인터뷰를 위해 셔츠를 맞춰 입자고 이야기할 때는, 참 좋은 생각이라고 하면서 기꺼이 맞장구를 쳐 주었다.

점심시간에 아멜리가 비건 당근 머핀을 나눠 주었다. 나도 군말 없이 하나를 받았다. 머핀은 깜짝 놀랄 만큼 맛있었다. 하지만 내가 모든 SNS의 영향력에서 소외되고 있다는 사실을 잊을 만큼은 아니었다. 특히 레자가 학교 유튜브 이야기를 하려고 우리 테이블에 다가왔을 때는 더욱더 그랬다.

"프로듀서를 왜 아멜리가 해? 나는 네가……."

"아멜리가 잘하고 있잖아."

나는 억지로 입술을 움직여 웃는 듯한 표정을 지으며 말했다.

나는 뭐든 학교 유튜브와 관련되지 않은 것을 생각하려 애썼다. 하지만 시몬의 목소리가 너무 커서 다른 데 집중할 수가 없었다.

교장 선생님은 확실히 유튜브에 깊게 관여하고 싶어 하는 모양이었다. 심지어 쉬는 시간에 시몬을 불러 유튜브 기사에 관해서 한마디 하기까지 했다나.

"교장 선생님이 '기후 변화에 대한 공포 조성'은 이제 지긋지긋하시대. 그러면서 우리 비건 동아리에 대한 영상도 내보내지 않았으면 하시더라고."

그러자 레자가 안타까움이 배인 목소리로 대꾸했다.

"에밀리, 그래서 곤란해진 거야? 그 기후 행진 영상 때문에? 나는 그게 꽤 멋지다고 생각했는데. 몇몇 애들은 그 행진에 꼭 가겠다고 했어."

꽤 반가운 소식이었다. 비록 레자한테서 들은 이야기이긴 했어도.

그때 아멜리가 끼어들었다.

"기후 변화가 인간의 활동으로 심각해졌다는 건 거의 사실이나 마찬가지야. 과학자의 97퍼센트가 동의하고 있으니까."

"교장 선생님이 정확히 뭐라고 하신 거야?"

내가 시몬에게 물었다.

"이번 주는 무조건 논란 금지! 그냥 가볍게 가래."

"그런데 채식 급식이 논란거리라고 생각하시는 거야?"

시몬이 어깨를 으쓱해 보였다.

"아마도?"

"CA에너지가 코스트프레시를 소유하고 있거든."

그러자 다니엘라가 속삭였다.

"뭐? 그걸 네가 어떻게 알아?"

아멜리가 묻자 다니엘라가 대답했다.

"CA에너지는 사료용 작물 비료에 투자를 많이 하고 있어. 소 같은 가축에게 먹이는 작물 말이야. 그러니 학교 급식이 식물성 식단으로 전환되면 어떻게 되겠어? 이젠 알겠지?"

다니엘라가 말을 이렇게 길게 한 건 처음이었다.

"아, 짜증 나."

레자가 테이블을 쾅 치며 소리쳤다. 그러자 시몬이 갑자기 희망에 찬 표정으로 레자에게 말했다.

"음, 농구는 논란의 여지가 없잖아. 어때, 농구와 관련된 기사가 좀 있니?"

다니엘라가 레자 대신 대답했다.

"새로 들어온 포인트 가드가 있긴 하지."

시몬은 포인트 가드가 뭔지 모르는 눈치였지만, 고개를 끄덕이며 안심하는 기색을 보였다.

"그럼 우선 스포츠 기사는 준비된 거네. 최근에 2학년 애들이 쓴 시를 받았는데, 그것도 같이 내보내자."

"오, 아주 훌륭한 기사가 나오겠는걸?"

아멜리가 대꾸했다. 아멜리는 비꼬는 투로 말했지만, 시몬은 아는지 모르는지 그냥 열심히 고개를 끄덕였다.

"이번 대체 기사는 월요일에 녹음할 거야. 다니엘라가 후반 작업을 하루 만에 끝낼 수 있다면, 수요일에 딱 맞춰 기사를 내보낼 수 있어."

더는 듣고 있을 수가 없었다. 게다가 내 보온 도시락을 열려는 순간, 새아빠가 오늘 아침에 돼지고기가 들어간 카레를 싸 줬다는 사실이 불현듯 떠올랐다.

"화장실 좀 갔다 올게."

나는 자리에서 일어나 밖으로 나갔다. 다행히 다들 유튜브에 대한 이야기를 나누느라 나한테는 신경도 쓰지 않았다.

나는 식당 입구에 있는 화장실로 간 뒤 칸 안으로 들어가 몸을 숨겼다. 매일 식당에서 친구들과 함께 밥을 먹을 필요는 없지 않은가. 나 혼자서 평화롭게 식사를 즐기는 것도 그리 나쁘지 않을 듯했다. 어쩌면 이참에 내 채식 생활에 대한 해결책을 찾아낼 수도.

도시락 뚜껑을 열어 카레를 몇 숟가락 먹고 난 뒤 한 입 더 먹으려는 순간, 화장실 문이 벌컥 열리는 소리가 났다.

"그러고 나서 이렇게 말하는 거야. 숙제가 꼭 필요한 거냐고. 그런데 윽……, 이게 무슨 냄새야?"

아멜리 목소리였다.

"카레."

시몬이 대답했다.

쟤네 둘은 밥 먹다 말고 왜 여기에 온 거지? 나는 얼른 보온 도시락 뚜껑을 닫고 숨길 만한 곳을 찾았다. 위생용품을 버리는 금속 통밖에는 없었다. 비위생적이기는 했지만, 나는 그 안에 도시락 통을 넣으려 애썼다. 도시락 통을 억지로 밀어 넣자, 안으로 들어가다 말고 그만 꽉 끼여 버렸다.

"안에 누구 있어요?"

시몬이 물었다.

"응, 나야."

나는 아무렇지도 않은 듯 태연하게 말하려 애썼다.

"음식 냄새가 왜 나는 거지?"

"그러게! 내가 들어올 때부터 그랬어."

나는 휴지를 둘둘 말아 도시락 통 위에 얹었다. 그런 다음 황급히 변기 물을 내렸다.

그런데 너무 늦었다. 옆쪽 칸막이 위에서 시몬이 나를 내려다보고 있었다. 반대편 칸막이 위에서는 아멜리가 내려다보았다. 시몬과 내가 화장실에서 이런 식으로 대화하는 건 뭐 그럴 수 있었다. 우리는 몇 년 동안 이렇게 해 왔으니까.

하지만 아멜리는 달랐다. 대체 누가 이렇듯 뻔뻔하게 다른 사람의 화장실 칸 안을 들여다볼 수 있는 거지?

"이거, 정말 재미있네. 너희 둘은 항상 이렇게 대화해?"

아멜리가 나를 내려다보며 활짝 웃었다.

"아니, 그리고 볼일은 다 봤어."

나는 얼른 변기에서 일어났다. 저 둘이 내가 왜 옷을 입은 채로 변기에 앉아 있었는지 궁금해하기 전에 문을 열고 나와 일부러 손을 요란하게 씻었다.

그사이에 아멜리는 다시 아래로 내려갔다. 그러고는 볼일을 보면서, 어떻게 하면 주키니 호박을 가늘고 길게 썰어 국수처럼 활용할 수 있는지에 대해 떠들기 시작했다.

손에서 물기를 털어 내다가 거울에 비친 시몬과 눈이 딱 마주쳤다. 시몬은 나를 빤히 쳐다보았다.

"넌 비건이 되려는 시도조차 안 했어. 그치? 그동안 고기를 쭉 먹고 있었던 거야?"

시몬이 속삭였다.

"스파이럴라이저라는 기계에 주키니 호박을 통째로 넣어서 돌리면 국수처럼 나온다니까."

아멜리가 칸막이 안에서 소리쳤다.

"너는 치즈 버거를 먹었잖아!"

나는 이를 악물고서 대꾸했다.

"딱 한 번 그랬어! 배가 무지 고팠으니까!"

"뭐? 아직도 배가 고파?"

어느새 아멜리가 화장실 칸 안에서 나와 만화 주인공처럼 커다란 눈으로 시몬과 나를 번갈아 보았다.

화장실을 점심 식사 장소로 생각하다니, 완전히 잘못된 선택이었다. 긍정적인 면이라고는 한 가지도 없었다. 새아빠가 싸 준 돼지고기 카레를 몇 숟가락밖에 먹지를 못해서 오후 내내 배가 고프게 생겼다.

게다가 도시락을 도로 꺼내 올 방법도 마땅치가 않았다. 아멜리는 세면대에서 손을 씻고 있었고, 시몬은 마치 내가 세상에서 가장 흉악한 사기꾼인 것처럼 삐딱한 눈으로 쳐다보고 있었다.

"얼른 가서 수업 준비해야겠다."

시몬이 말했다.

"응, 그래. 나도."

아멜리가 대꾸했다. 그러고는 머리를 뒤로 휙 넘겼다. 진짜로, 그렇게 했다!

둘 다 화장실을 나서면서 나를 돌아보지 않았다.

아멜리의 비밀 고백

트루비 선생님은 사회 담당인데, 윤리와 관련된 토론을 무척 좋아했다. 하필이면 오늘 아주 끔찍한 주제를 골랐다. 바로 거짓말을 해도 되는 상황이 존재하는가, 란 주제였다.

"일부러 말을 하지 않은 것도 거짓말이라고 할 수 있을까? 예시를 들어 이야기해 볼까?"

선생님이 물었다. 나는 손을 번쩍 들었다.

"중요한 사실을 알고 있으면서도 모른 척하기로 했다면, 그것도 거짓말이 아닐까요?"

시몬의 따가운 시선이 느껴졌지만, 나는 일부러 그쪽을 쳐다보지 않았다.

곧바로 시몬이 손을 들었다.

"SNS에서 자신을 드러내는 것도 거짓말일 수 있어요. 자신의 어떤 부분을 다른 사람들과 공유할지 선택하는 거니까요."

"하지만 그게 SNS의 핵심 아닌가요? 자기만의 페르소나를 만드는 것."

내가 반박하자 시몬이 투덜거리듯 대꾸했다.

"그런 사람들도 있더라고요. 친한 친구인 척하다가 상대방이 무언가에 신나 있을 때는 전혀 신경 쓰지 않는 사람들이요."

"주제에서 조금 벗어난 것 같구나. 자, 다른 사람들은 어떻게 생각……."

시몬은 아랑곳하지 않고 말을 이었다.

"저는요, 인스타그램 하단에 하트 버튼과 댓글 버튼, 그리고 왕거짓말쟁이 버튼이 있어야 한다고 생각해요."

나는 빈정이 상해서 톡 쏘아붙였다.

"흥, 네가 그 버튼을 사용할 일은 없을걸."

"아니! 나는 네가 쓴 게시물마다 꼭 누를 거야."

선생님이 절망스러운 표정으로 교실을 쭉 훑어보았다.

"얘들아, 잠시 언쟁을 멈추고 다른 사람들 의견도 들어 보자. 아멜리, 너는 어떻게 생각하니?"

아멜리의 만화 주인공 같은 눈이 평소보다 더 커졌다. 그러더니 도자기처럼 매끄럽고 하얀 피부가 창백하게 변했다.

"거짓말을 해도 괜찮다고 생각하니?"

선생님이 다시 물었다.

"아니요!"

아멜리는 이 말과 함께 공책을 집어 들더니, 갑자기 의자를 뒤로 밀쳐 내며 교실 밖으로 뛰어나갔다.

"이 토론은 다음 시간에 계속 이어서 하도록 하자. 자, 누가 나가서 아멜리 좀 살피고 올래?"

선생님이 책상 모서리에 기대서며 말했다.

수업을 마치고 집에 도착하니, 새아빠가 잭슨네 아빠와 함께 우리 집 뒷문 쪽에 경사로 설치를 막 끝내고 있었다.

"정말 훌륭하네요. 잭슨이 언제든 놀러 올 수 있겠어요."

나는 이제 오션뿐만 아니라 잭슨까지 돌봐야 하는 모양이었다. 요즘 내 인생은 이런 식으로 내 바람과는 전혀 상관없이 제멋대로 흘러가고 있었다.

엄마와 새아빠는 로맨틱한 저녁 식사를 하러 밖으로 나갔다. 집 안으로 들어가자, 오션과 잭슨이 태블릿 화면을 향해 소리를 지르고 있었다.

"아! 폭발했어. 자, 다시 살아서 나타났다!"

나는 내 방으로 가서 방문을 닫고 공책을 꺼내 엄마가 어떤 식으로 내 미래를 방해하고 있는지 낱낱이 적었다. 그런 다음 기후 변화에 맞서 싸우려는 나의 진심을 시몬이 어떻게 오해하고 있는지도 쭉 적었다.

기후 행동에 대한 내 헌신은 완전히 진심이다, 진짜로!
지구가 화염에 휩싸여 사라지는 걸 결코 바라지 않으니까.

사실 고기를 몰래 먹은 것도 딱히 내 잘못은 아니었다. 새아빠의 마음도, 아멜리의 마음도 다치지 않게 하려다 보니 그렇게 된 것뿐이었다.

시몬은 어떻게 나랑 한마디 상의도 없이 유튜브 팀에 다른 사람을 넣을 수가 있지? 게다가 아멜리가 나 대신 아샤를 인터뷰하게 된 것도 조금 화가 났다. 아니, 누구라도 그럴 수밖에 없는 일 아닌가.

갑자기 짜증이 훅 치밀어서 공책을 옆으로 던졌다. 글을 적으면 적을수록 화가 더 치솟았다. 내게는 아직 기후 행진에 갈 기회가 있었다. 자원봉사자로 등록해 놓기도 했지만, 마이아 언니는 정말로 일손이 필요하다고 했다. 게다가 교장 선생님은 그날 아샤 자밀과 관련된 일로 너무 정신이 없어서 내가 없어져도 알아차리지 못할 터였다.

그때 아래층에서 무언가로 바닥을 긁는 소리가 들렸다.

"왜 그래? 괜찮은 거야?"

내가 소리쳤다.

"그냥 커피 테이블에 부딪혀서 그래. 괜찮아!"

오션이 대답하다 말고 이렇게 소리쳤다.

"잭슨, 조심해! 앗, 이런!"

더는 가만히 있을 수가 없었다. 나는 침대에서 내려와 아래층으로 쿵쿵거리며 내려갔다. 무슨 일이 일어나고 있는지 두 눈으로 확인해 봐야 했다.

내 눈앞에 펼쳐진 상황은 재앙이 따로 없었다. 사탕 포장지가 사방에 널려 있는 데다, 과일 젤리가 카펫에 색종이 조각처럼 흩뿌려져 있었다. 잭슨의 무릎에는 초콜릿이 잔뜩 쌓여 있었는데, 오늘이 핼러윈이라고 해도 믿을 수 있을 지경이었다.

심지어 오션은 소파에서 껑충껑충 뛰고 있었다. 엄마와 새아빠가 사 온 조명은 카펫 위로 길게 쓰러져 있었다.

"너희들, 지금 뭐 하는 거야? 이것들은 다 어디서 난 거니?"

내 목소리를 듣고 오션이 휙 돌아보았다. 양쪽 콧구멍에 빨간색 젤리 사탕이 하나씩 꽂혀 있었다. 잭슨은 숨이 넘어갈 듯이 크게 웃었다. 초콜릿 자국이 입가에서 귀까지 길게 이어져 있었다.

"자, 이제 그만. 이거, 다 어디서 난 거야?"

나는 두 손을 허리에 올리고서 교통경찰처럼 거실 한가운데에 우뚝 서서 말했다.

"가게에서."

오션이 바닥에 드러누우면서 말했다.

"가게는 언제 갔다 왔는데?"

"아빠가 잭슨을 데려와도 된다고 했을 때."

"가게에 갔다 와도 된다고 허락하셨어? 너희 둘이서만?"

"아마 우리 엄마가 허락했을 거예요."

오션이 머뭇거리자 잭슨이 대신 말했다.

"허락하셨을 거라고? 그러니까 안 물어봤다는 뜻이네?"

내 인내심은 완전히 바닥이 났다.

"너희, 돈은 어디서 났어? 혹시라도 우리 엄마 지갑에서 꺼낸 거라면, 오션 너 정말로 그냥 못 넘어가."

"지갑에서 꺼낸 거 아니야!"

오션이 다급하게 외쳤다. 잭슨이 "쉿, 쉿!" 하고 소리를 냈지만, 이미 늦었다.

"레모네이드 가판대에서 꺼냈어."

오션이 얼떨결에 털어놓았다. 나는 오션을 최대한 무서운 표정으로 노려보았다.

"그러니까 자선기금을 마련하겠다고 벌였던 그 레모네이드 가판대에서 꺼낸 돈이라고?"

"정확히 말하면, 우리가 자선기금이라고 말하지는 않았어요."

잭슨이 끼어들었다.

"뭐라고? 분명히 오션이……."

"우리는 '장애가 있는 아이를 위해서'라고 했어요. 그리고 내가 바로 그 장애가 있는 아이고요."

잭슨이 나를 올려다보며 눈을 깜빡거렸다. 오션은 나를 등지고 있었지만, 코웃음 치는 소리가 고스란히 들렸다.

"여기 다 치워, 우리 엄마랑 너희 아빠 오시기 전에. 안 그러면 평생 곤란해질 거야."

내가 쿵쿵거리며 계단을 올라가자, 오션이 밑에서 나를 올려다보며 소리쳤다.

"누나는 진짜 짜증 나. 모든 걸 망치는 사람이야. 누나를 좋아하는 사람은 이 세상에 아무도 없어!"

"거기 있는 거 다 치워!"

나도 똑같이 소리를 지르고는 방문을 쾅 닫았다. 그런 뒤 침대에 앉아 엉엉 울었다. 밑에서 벌어진 난장판과는 전혀 상관없는 이유로.

나는 모든 걸 망치는 사람이었고, 나를 좋아하는 사람은 이 세상에 아무도 없었다. 그래서 아샤 자밀에게 우리 학교를 소개할 기회도 놓치고, 친구들도 모두 잃어버리고, 기후 행진에도 혼자 가게 될 지경에 놓였다.

일요일 아침, 엄마와 나는 알레그라 호텔로 갔다. 언제나처럼 로비 근처에 있는 카페에서 화이트 초콜릿 모카를 주문했다. 그때 바리스타 한 명이 나를 보며 미소를 지었다.

"버블티 기계를 새로 들여왔거든. 아직 시험 중이라 메뉴에 추가하지는 않았지만, 원한다면 하나 만들어 줄 수 있어."

"버블티라고요? 정말 맛있겠네요!"

엄마가 말했다. 하지만 나는 고개를 가로저었다. 오늘은 버블티를 마시고 싶은 기분이 아니었다.

"에밀리, 괜찮니?"

카페를 나설 때 엄마가 걱정스런 얼굴로 물었다. 나는 어깨를 으쓱해 보였다.

"아직도 휴대폰 때문에 그러는 건 아니지? 안 그래도 그 이야기를 하려고 했는데……. 음, 네가 삐져 있으면 다음에 하고."

"삐진 거 아니에요."

하지만 아무리 애를 써도 이 말을 삐지지 않은 것처럼 들리게 하기는 어려웠다.

"새아빠랑 오랫동안 이야기를 나누었어. 일주일 뒤에 휴대폰을 돌려줄게. 하지만 인스타그램에 게시물 올리는 건 한 달간 금지야."

"한 달이나요?"

입이 저절로 떡 벌어졌다.

"고등학교 올라가기 전까지 인스타그램에서 셀카가 하나라도 더 발견되면, 그 기간은 일 년으로 늘어날 거야. 알겠니?"

"네, 알겠어요."

나는 풀 죽은 목소리로 대답했다. 휴대폰 없이 일주일을 더 버텨야 한다니. 팔 하나가 잘려 나간 듯한 기분이 들었다.

엄마를 따라 엘리베이터로 갔다. 4층에서 내린 다음, 부드러운 카펫이 깔린 복도를 터벅터벅 걸어 엄마 사무실로 들어갔다. 그러고는 늘 앉는 자리에 털썩 주저앉았다.

"숙제할 거니?"

엄마가 컴퓨터 앞에 자리를 잡으며 물었다. 나는 대답 대신 수학 문제지를 들어 올렸다. 이윽고 문제지를 펼쳐 놓긴 했지만, 숫자들이 눈앞에서 아른거리기만 할 뿐 머릿속으로는 하나도 들어오지 않았다.

이제는 모든 게 쓸모없어 보였다. 교장 선생님은 지구를 망치고 있었고, 아샤 자밀을 이용해 시더뷰 학생들을 속이려 들었다. 그런데 그 사실을 뻔히 알고도 나는 할 수 있는 게 아무것도 없었다. 시몬한테 문자 메시지를 보낼 수도 없었고, 인스타그램에 영상을 올릴 수도 없었다.

SNS를 이용해 그 누구와도 소통할 수가 없으니, 나는 영향력을 전혀 가지지 못했다. 기분을 전환할 수 있는 뭔가가 필요했다. 그러니까 갓 세탁한 시트 냄새 같은 것!

"야니나 아줌마한테 인사하러 갔다 와도 돼요?"

엄마가 무심히 고개를 끄덕였다. 나는 엄마의 보안 카드를 빌려 사무실을 나온 뒤, 엘리베이터 쪽으로 천천히 걸어갔다.

지하층에 도착하자, 습한 열기와 세제 냄새가 나를 감쌌다. 하지만 야니나 아줌마는 자리에 없었다. 복도를 기웃거리다 보니, 저쪽 끝에서 플라스틱 포장재를 뜯고 있는 게 보였다.

"그게 뭐예요?"

나는 짐짓 그쪽으로 다가가 물었다. 아줌마는 눈을 살짝 치뜨며 대답했다.

"실크 베갯잇. 이번 주에 VIP 여성 손님이 오시는데, 실크 시트에서만 잠을 잔다지 뭐야."

나는 숨이 턱 막혔다.

"혹시 그 VIP 손님 이름 알아요?"

야니나 아줌마는 어깨를 으쓱했다.

"아니, 나한테는 이름까지 안 알려 줘. 그냥 면 대신 실크 소재가 필요하다고만 했지. 아, 그리고 샴푸! 꼭 코코넛 샴푸로 준비해야 한대."

나는 아줌마를 힘껏 끌어안고는 보안 책임자인 하워드 아저씨를 찾아 나섰다. 머릿속에서 갖가지 생각이 다 들었다. 이게 정말일까?

"아저씨, 안녕하세요!"

아저씨의 사무실은 안내 데스크 뒤쪽, 즉 사람들 눈에 잘 띄지 않는 곳에 있었다.

"에밀리! 어서 와, 우리 꼬맹이 땅콩. 그래, 카페에서 팬케이크라도 가져왔니?"

하워드 아저씨가 빙그레 웃으며 물었다.

"죄송해요. 못 챙기고 그냥 왔네요."

나도 활짝 웃으며 대답했다. 그런 다음 아저씨가 하는 일에 대해 질문을 던지기 시작했다.

"VIP 손님들의 보안과 관련된 요구를 다 들어주는 것도 만만치 않을 거예요. 그렇죠? 지난주에는 엄마랑 엘리베이터에서 유명한 오페라 가수를 봤어요."

"그건 아무것도 아니야."

아저씨가 콧방귀를 뀌며 말을 이었다.

"유명인 중에는 자기 보안 팀을 따로 데리고 다니는 사람들도 있어. 그러면 나는 여기서 그 팀원들과 함께 보안 시스템을 점검하느라 혼이 빠지지."

"유명한 TV 스타도 보안 요원을 데리고 다닐까요?"

"유명한 사람이라면, 적어도 한 명은 데리고 다니겠지."

흠, 보안 요원 한 명에 하워드 아저씨까지.

"유명인들이 자주 오나요?"

"그렇지. 안 그래도 며칠 뒤면 아주 중요한 손님이 올 거야."

"그 사람도 특별한 보안 요구가 있었나요?"

그러자 아저씨가 또 코웃음을 쳤다.

"우리 꼬맹이 땅콩, 그쪽에서 보낸 요구 사항을 보면 두 눈으로 보고도 믿지 못할걸? 경호원을 위한 방에도 실크 시트, 그리고 강아지 침대까지."

나는 터져 나오려는 비명을 간신히 참았다.

"와우, 아저씨! 진짜 대단한 일을 하시는군요."

"그분도 그렇게 생각해 주길 바랄 뿐이야."

"그분이라 하면 혹시……, 아샤 자밀인가요?"

그러자 하워드 아저씨가 한쪽 눈썹을 치켜올렸다.

"손님 이름은 알려 줄 수 없다는 거, 잘 알지 않니?"

"그 손님도 아저씨가 정말 멋지다고 생각할 거예요. 그럼 나중에 또 봬요!"

아저씨가 질문을 던지기 전에 나는 얼른 웃으며 손을 흔들었다. 마치 스파이가 된 듯한 기분이 들었다. 정말로 아샤 자밀일까? 아니면 어쩌지? 아니, 내 짐작이 맞을 거다. 아샤는 이 호텔에 머무를 것이다, 그것도 일주일 안으로.

계획을 완성하는 데 이틀이 더 걸렸다. 휴대폰이 있었으면 더 빨리 끝났을 테지만.

"엄마, 잠깐만 기후 행진에 관해 이야기할 수 있을까요?"

소파에서 몸을 웅크린 채 잡지를 읽던 엄마가 고개를 들어 나를 올려보았다. 그런데 엄마가 입을 여는 순간, 오션이 소리를 지르며 저쪽 모퉁이에서 훅 뛰어나왔다. 녀석은 속옷 차림에 목욕 타월을 두르고 있었다. 겨드랑이 밑에 뭔가를 끼운 채.

"그거, 내 수탉 항아리니?"

엄마도 오션의 겨드랑이에 끼워져 있는 물건을 보았는지 이렇게 물었다.

"크아아앙! 너는 나한테서 도망칠 수 없다!"

새아빠가 두 팔을 위로 올린 채 회색 곰처럼 쿵쿵거리며 거실로 들어왔다. 그러자 오션이 소리를 지르며 새아빠의 다리 사이로 몸을 숙여 빠져나가려 했다.

"어, 내 수탉……."

엄마가 소리쳤다. 그러나 수탉은 아무 말도 하지 못했다. 바닥에 떨어지면서 산산조각이 났으니까. 그와 동시에 그 안에 들어 있던 쿠키가 사방으로 흩어졌다.

새아빠와 오션은 그 자리에 얼어붙었다. 둘 다 죄책감 가득한 표정으로 엄마를 바라보았다.

"내 수탉……."

엄마가 다시 한번 중얼거렸다.

"여보, 미안해."

새아빠가 이렇게 말한 뒤 오션을 슬쩍 찔렀다. 그러자 오션도 재빨리 사과를 했다.

나는 엄마의 반응을 기다렸다. 엄마는 그 수탉 항아리를 정말로 아꼈다. 내가 초등학교 4학년 때 선물로 준 것이기 때문이다. 심지어 엄마는 나한테 그 수탉 항아리가 엄마한테 얼마나 소중한지 여러 번 말했다.

나는 잠자코 기다렸다. 엄마가 폭발하기를, 울음을 터뜨리기를, 그리고 더없이 분노하기를. 그러나 엄마는 한숨을 내쉬며 고개를 젓더니 이렇게 말했다.

"빗자루 가져올게."

"엄마!"

내가 소리치자 모두가 다시 얼어붙었다. 이번에는 전부 나를 쳐다보았다. 나는 애써 차분한 목소리로 말했다.

"엄마, 그 수탉 항아리 몹시 아끼던 거 아니에요?"

"당연히 아끼던 거지! 나한테는 그 의미가 남다른 거니까. 네가 사 준 거잖아."

"근데 좀 못생겼어요."

오션이 말했다. 새아빠의 입가에 히쭉이는 미소가 스쳐 지나갔다.

나는 경악하고 말았다. 기후 행진에 관해 물어보려고 내려왔지만, 그 얘기는 당장의 커다란 재앙 앞에서 스르르 묻히고 말았다. 우리는 에티켓은커녕 기본적인 예의조차 지킬 줄 모르는 괴물들과 살고 있었다. 나는 이제 완전히 지쳐 버렸다.

"오션은 전에 엄마 포스터를 망가뜨렸어요. 지금은 엄마의 수탉 항아리를 깨뜨렸고요. 그리고 너무 시끄럽게 떠들어서 우리가 뭔가를 생각할 수 있게 놔두지를 않아요. 욕실 바닥에 젖은 수건을 그냥 놔두는 건 기본이고, 저렇게 벌거벗은 채로 온 집 안을 뛰어다니고 있잖아요. 그리고 현관에 걸려 있는 저 이상한 가면들은 마치 우리 집에 오는 사람들을 놀라게 하려고 일부러 기다리고 있는 것처럼 보인다고요."

"가면이 마음에 안 드니?"

새아빠가 물었다.

"네, 저 가면들이 무지무지 싫어요!"

나는 오션에게도 한마디 했다.

"그리고 너! 다른 사람의 물건을 함부로 망가뜨리면 안 되는 거야!"

그때 새아빠가 엄마 쪽으로 몸을 돌리며 물었다.

"당신도 저 가면들이 마음에 안 들어?"

"엄마, 사실대로 말하세요."

엄마는 내 앞에서 저 가면들이 마음에 안 든다고 말한 적이 없었다. 하지만 우리는 십여 년 동안 엄마와 딸로 살아왔다. 내가 엄마 마음을 모를 리 없었다.

"마음에 쏙 드는 건 아니지……. 에밀리, 우리는 서로한테 적응할 시간이 필요해. 좀 더 유연해져야……."

"엄마, 우리만 유연하게 굴고 있잖아요!"

"음, 오션은 아직 여덟 살이니까."

"오션도 이제 다 컸어요! 자선기금을 빼내서 사탕을 사 먹을 만큼요!"

그러자 오션이 소리쳤다.

"누나는 비데로 물을 사방에 흩뿌렸어요!"

"오션이, 뭐?"

새아빠가 사뭇 진지한 목소리로 되물었다.

바야흐로 모든 이야기가 터져 나왔다. 레모네이드 가판대, 몰래 갔다 온 편의점, 그리고 엄마와 새아빠가 데이트하러 나간 사이에 벌어졌던 사탕 파티까지.

"나는 그냥……."

오션이 끼어들려고 했지만, 새아빠가 날카로운 시선으로 쏘아보며 말했다.

"더는 한 마디도 안 돼."

새아빠가 으르렁거렸다. 그러고는 오션과 함께 잭슨네 가족을 만나러 옆집으로 갔다. 엄마는 나를 소파에 앉혔다.

"왜 좀 더 빨리 말하지 않았니?"

"말해 봤자 엄마는 오션 편을 들었을 거예요. 모든 일에서 저쪽 편만 들고 있잖아요. 저쪽은 우리를 함부로 대하는데, 우리만 항상 예의를 지켰어요."

몇 분 동안, 엄마는 아무 말도 하지 않았다. 평소처럼 변명거리를 찾고 있는 게 분명했다.

"네가 그렇게 느꼈다니 정말 미안하구나."

엄마가 말했다. 이상하게도 이 말은 변명처럼 들리지 않았다.

"솔직히 말해서, 나도 저 가면들이 진짜 마음에 들지 않았어. 좀 심하게 말해서 말이야."

"엄마, 좀 심하게 말한다면, '마음에 들지 않아'가 아니라 '싫어'라고 해야죠."

"그래, 나도 저 가면들이 싫었어!"

엄마가 불쑥 이렇게 말하고는 한 손으로 입을 가렸다. 나는 웃음을 터뜨렸다. 도저히 웃지 않을 수가 없었다.

우리는 어떻게 하면 이 연립 주택에서의 생활을 좀 더 균형 있게 꾸려 나갈 수 있을지 이야기를 나눴다. 그런 다음 나는 빗자루를 들고 엄마를 도와 깨진 수탉 항아리 조각들을 쓸어 담았다.

"좀 못생기기는 했어요. 시끄럽기도 했고."

나는 순순히 인정했다.

"가끔은 시끄러운 것들도 사랑하게 돼."

엄마는 오션과 새아빠가 돌아오기 전에 위층에서 조용한 시간을 좀 즐기라고 말했다. 하지만 위층으로 막 올라가려는 순간, 원래 하려던 이야기가 떠올랐다.

"엄마, 저 금요일에 있는 기후 행진에 꼭 가야 해요."

"아, 우리도 너한테 그 이야기를 해 주려고 했어. 우리 둘 다 그날 휴가를 냈거든. 다 같이 가자."

이건 내가 바라던 상황이 아니었다. 하지만 어쩌면 이게 기회가 될지도 몰랐다.

"엄마?"

"응, 왜?"

"엄마가 일주일 더 기다리라고 했지만, 혹시 휴대폰을 더 일찍 돌려받을 수 있을까요? 더는 SNS에 셀카를 올리지 않을게요. 약속해요."

긴 침묵이 흐른 뒤, 엄마가 말없이 몸을 돌렸다. 나는 긴장감으로 숨을 멈췄다. 곧이어 엄마가 내 휴대폰을 들고 돌아왔다!

"네가 책임감 있게 행동할 거라고 믿어."

"네, 약속할게요."

드디어 휴대폰이 나에게로 돌아왔다. 오션이 진작에 그 수탉 항아리를 깨뜨렸어야 했나 보다.

수요일은 '시더뷰 톡톡'의 10월 영상이 정식으로 업로드되는 날이었다. 나를 제외한 모든 팀원이 제작에 참여했다.

그날 아침, 나는 학교에 도착하자마자 시몬을 찾아 스튜디오로 갔다. 스튜디오에는 시몬뿐만 아니라 아멜리, 다니엘라, 레자까지 모두 있었다. 아멜리는 내 회전의자에 앉아 제 것인 양 빙글빙글 돌고 있었다.

나는 일부러 어깨를 곧게 폈다.

"시몬, 잠깐 이야기할 수 있을까?"

"미안, 지금 11월 영상 계획을 짜야 해서 말이야. 참, 오늘 아침에 방송 들었어?"

아, 체험 학습 신청서 빨리 갖다 달라는 이야기? 네네, 어련하시겠어요? 나는 속으로 비아냥거렸다.

"아, 우리는 방금 아샤랑 인터뷰할 때 쓸 질문들을 작성하고 있었어."

아멜리가 말했다. 아멜리와 시몬은 거의 동시에 머리카락을 뒤로 쓸어 넘겼다.

나는 스튜디오 안으로 들어가 문을 닫았다. 도서관에서 들어오던 빛이 사라지자, 스튜디오 안이 몹시 어둡고 답답해졌다.

"이거, 뭔가 불길한 예감이 드는데?"

레자가 말했다. 그러자 시몬이 소리쳤다.

"에밀리! 여긴 이미 꽉 찼단 말이야."

다니엘라는 여전히 컴퓨터만 보고 있었는데, 화면에는 알 수 없는 코드가 가득했다.

"내가 전에 말했던 거, 기억나? 교장 선생님이 아샤 자밀이 학교에 오는 날을 일부러 기후 행진이 있는 날 오후로 바꾸셨다고 했던 거."

내 말에 아멜리의 눈이 휘둥그레졌다.

"진짜야? 왜?"

시몬이 이 사실을 아멜리한테 말하지 않은 모양이었다.

"우리를 기후 행진에 참가하지 못하게 학교에 묶어 두려 하신 거지. 뻔하지 않아?"

'뻔하지 않아?'는 덧붙이지 않는 게 나을 뻔했다. 나는 좀 더 부드러운 목소리로 말을 이었다.

"교장 선생님은 우리가 기후 행진에 참여하지 않기를 바라서. CA에너지의 신경을 거스르고 싶지 않으니까. 교장 선생님은 사실상 그들한테 넘어간······."

"CA에너지는 자산의 90퍼센트를 석유와 가스에 투자하고 있어. 겉으로는 친환경 캠페인을 벌이고 있는 것처럼 보이지만."

다니엘라가 컴퓨터 화면을 보다 말고 고개를 들어 올리며 말했다.

"정말 끔찍하다!"

아멜리가 탄식하듯 대꾸하자 시몬이 고개를 가로저었다.

"아샤와 기후 행진이랑은 아무 상관이 없어. 물론 나도 기후 행진에 참여하고 싶지. 하지만 아샤 자밀이잖아. 이 기회를 놓칠 수는 없다고."

아멜리가 말했다.

"아샤는 SNS에 항상 기후 변화와 관련된 글을 올려. 그러니까 절대로 그랬을 리가……."

내가 끼어들었다.

"바로 그거야. 아샤는 이 사실을 모르고 있어. 우리가 알려 줘야 해."

그러자 시몬이 콧방귀를 뀌었다.

"에밀리, 기분 나쁘게 하려는 건 아닌데, 너는 이미 최근에 많은 문제를 일으키지 않았니?"

내가 문제를 일으켰다고? 화장실에서 소리를 지르고, 프로듀서 자리를 빼앗아 간 사람이 누군데……? 하지만 내 계획을 성공시키려면 일단 시몬의 도움이 필요했다.

"시몬, 미안해. 미처 네 마음까지 생각하지 못했어. 그리고 아멜리, 사실은 내가 비건 동아리를 그다지 진지하게 생각하지 않았던 것 같아."

나는 잠시 말을 멈추고서 머리카락 끝을 만지작거렸다. 아무래도 솔직하게 다 이야기하는 편이 좋을 것 같았다.

"그리고 네 포스터를 망친 사람도 나야."

그 순간, 모두가 나를 쳐다보았다.

"그냥 막 화가 났어. 그래서 포스터 하나를 망쳤지. 그런데 그 뒤로 마커스가 그렇게 할 줄은……."

"아니, 왜 화가 났는데?"

아멜리가 고개를 갸우뚱하며 물었다.

"왜냐하면 네가……, 비커 상자를 들고 있어서."

아멜리는 혼란에 빠진 듯이 보였다.

"나도 알아! 말이 안 된다는 거. 그런데 너는 시몬이랑 많은 시간을 보내고 있었고, 시몬은 너처럼 노란 스카프를 두르고 프랑스 패션을 입기 시작했어. 또, 플로레스 선생님은 너를 엄청나게 좋아하셨지. 그래서 질투가 났던 거야."

질투라는 단어를 내뱉을 때, 입에서 시큼한 우유 맛이 났다.

"에밀리 포스트가 그랬지, 질투란 자신을 의심하는 열등감에서 나온다고. 너는 무척 멋있어. 그래서 조금 위협적이었지."

나는 아멜리가 나한테 소리치기를 기다렸다. 그런데 오히려 아멜리의 입꼬리가 살짝 올라갔다.

"생명의 방귀, 꽤 재미있는 표현이었어."

"그래, 맞아."

레자가 맞장구쳤다.

"아멜리, 네가 그 포스터들을 얼마나 열심히 만들었는데……. 그건 나쁜 짓이었어!"

시몬이 나를 쏘아보았다.

"나도 알아! 못되게 굴어서 미안해."

"진심으로 미안한 거야, 아니면 우리 도움이 필요해서 미안한 척하는 거야?"

시몬이 눈을 가늘게 떴다. 흐음, 무척 곤란한 질문이군.

"둘 다."

나는 그냥 시인했다. 그리고 그동안 짠 계획을 차근차근 이야기하기 시작했다.

"시몬, 이렇게 하면 너는 여전히 아샤를 만날 수 있어."

다니엘라가 갑자기 숨을 가쁘게 몰아쉬었다.

"괜찮아?"

내가 묻자 다니엘라가 속삭였다.

"난 해야 할 일이 좀 있어서. 나, 먼저 갈게."

"안 도와줘도 괜찮겠어?"

아멜리가 미간을 좁히며 물었다.

"응, 괜찮아. 나중에 보자."

다니엘라는 회전의자에 앉아 있는 세 명과 문 옆에 서 있는 나를 지나 도망치듯 자리를 떴다.

"다니엘라가 플로레스 선생님한테 브라이스에 관해 이야기한 거 알아?"

다니엘라가 나가자마자 시몬이 속삭였다.

"진짜?"

나는 깜짝 놀라 되물었다. 레자가 우울한 목소리로 대답했다.

"응, 그 일로 브라이스는 농구 팀에서 제외되었고, 한 달 동안 식당에서 봉사 활동을 해야 해. 하긴, 그럴 만한 짓을 했지."

"아까 말한 일은 어때? 도와줄 수 있어?"

나는 시몬을 돌아보며 물었다.

"너도 아직 확실하지 않잖아. 아샤가 알레그라 호텔에 묵을 예정인지 아닌지. 실크 시트와 코코넛 샴푸를 좋아하는 사람이 이 세상에 아샤뿐인 건 아니니까."

나는 눈썹을 치켜올렸다. 아멜리도 따라 했다.

"분명 다른 사람이 있을 수도 있는데……."

스스로도 내 말이 맞다는 걸 알고 있는지, 시몬의 목소리가 점점 작아졌다.

"잠깐만, 너희 둘만 하려는 건 아니지? 나도 같이하고 싶어."

레자가 끼어들었다.

"나도."

아멜리도 거들었다. 그러고는 미소 띤 얼굴로 부드럽게 말을 이었다.

"너희가 아샤를 만나러 가는 동안, 우리는 그냥 학교에 있으라고? 게다가 너는 내 포스터를 망가뜨렸잖아. 나한테 빚진 거 갚아야지."

나는 어깨를 으쓱했다. 둘보다는 넷이 더 나을지도 몰라서.

친구들이 몇 가지 제안을 더 했다. 수정된 계획은 다섯 명이 해야 더 수월하게 할 수 있었다.

나중에 다니엘라가 돌아왔을 때, 우리의 계획을 설명하고 같이할 수 있는지 물어보았다. 그러자 다른 프로젝트 때문에 지금 정신이 하나도 없다고 말했다. 금방이라도 쓰러질 듯 아슬아슬

해 보여서 더는 밀어붙이지 못했다.

드디어 목요일이 되었다. 시몬과 아멜리, 레자, 그리고 나는 점심시간이 끝날 때쯤 지하에 있는 탈의실로 갔다. 마커스 말로는, 여기에 있으면 아무도 찾지 못할 거라나. 다른 친구들은 평소처럼 입고 왔지만, 나는 곱슬곱슬한 머리 위로 야구 모자를 꾹 눌러썼다.

수업 시작종이 울린 지 십 분이 지났을 때쯤, 우리는 복도가 비어 있는 걸 확인하곤 탈의실에서 나와 학교 옆문으로 나갔다. 그런 다음 교문 쪽으로 걸어갔다.

가는 내내 누군가가 우리를 불러 세울까 봐 바짝 긴장이 되었다. 다행히 오 분 뒤, 우리는 무사히 교문을 지나 버스 정류장으로 향했다. 시몬이 말했다.

"드디어 나왔다. 이제 돌이킬 수 없어!"

시내로 가는 동안 시몬과 아멜리는 버스 안에서 레자와 즐겁게 수다를 떨었다. 하지만 나는 얼어붙은 듯 의자에 꼼짝없이 앉아 있었다.

"에밀리, 괜찮아? 지금이라도 돌아가면 돼."

아멜리가 물었다. 내가 괜찮은지 아닌지는 사실 나조차도 알 수 없었다.

"너는? 정말로 우리랑 같이하고 싶은 거 맞아?"

아멜리를 이 일에 끌어들인 건 나였다. 가끔 짜증이 나긴 해도 기본적으로는 착한 애인 것 같았다.

"우리 전부 퇴학을 당하고, 너는 레이크 포인트 웨스트 중학교로 돌아가야 한다면?"

"우리가 퇴학당할 일은 없어. 걱정하지 마."

시몬이 말했다. 하지만 아멜리의 표정은 어딘가 몹시 불편해 보였다.

"지금이라도 아니다 싶으면 너는 여기서 기다려도 돼. 나중에 다 끝나고 만나면 되지."

내가 아멜리한테 말했다. 아멜리가 빠지면, 원래 내가 세웠던 계획으로 돌아가야 했다. 그렇게 되면 성공 가능성이 낮아지겠지만, 다른 사람을 함부로 범죄에 끌어들일 수는 없었다.

"그런 게 아니야."

아멜리는 한참 침묵하더니, 어렵사리 말을 이었다.

"나는 레이크 포인트 웨스트 중학교에 다닌 적이 없어. 그럴 만한 돈이 없거든."

"그럴 리 없어!"

시몬이 숨을 헉 들이마시며 소리쳤다.

"나는 엄마랑 둘이서 살아. 그동안 집에서 홈스쿨링을 했는데, 작년에 갑자기 학교에 너무 가고 싶은 거야. 그래서 엄마를 설득해서 이 학교에 오게 되었지. 학교에서 이상한 아이로 보이고 싶지 않았어. 비건인 것만으로도 매우 이상해 보일 수 있잖아. 그래서……."

"와우, 엄마를 어떻게 설득했어?"

레자가 물었다.

"더는 나를 홈스쿨링해 줄 시간이 없었거든. 푸드 트럭을 시작하셔서."

"템페 모바일!"

나도 모르게 소리쳤다.

"미안, 지난번에 학교 앞에서 언론 취재가 있을 때 템페 모바일 푸드 트럭을 봤거든. 그게 너희 엄마 거였어?"

"근데 템페가 뭐야?"

레자가 묻자 아멜리가 대답했다.

"발효된 콩으로 만든 거야. 뭐랄까, 약간……."

"역겹지."

시몬은 이렇게 받아치고는 얼른 한 손으로 입을 가렸다.

"잠깐! 너, 혹시 전부 다 알고 있었어?"

나는 시몬을 노려보았다.

"아니야! 그냥 점심시간에 아멜리가 가져온 템페를 조금 먹어 봤을 뿐이야. 그런데 진짜로 맛이 없었어."

누군가가 즐겨 먹는 음식을 역겹다거나 맛이 없다고 말하는 건 예의가 아니었다. 하지만 그렇게 솔직한 시몬이 좀 더 사랑스럽게 느껴지긴 했다.

"네가 먹은 건 템페가 아니라 콩고기 패티였어."

"이야, 너 완전 비밀 요원 같아."

레자가 아멜리를 존경스런 눈빛으로 바라보았다.

"그래, 뭐 그 비슷한 것 같기도."

나는 쓸쓸히 웃으며 말했다. 아멜리를 비밀 요원이라 부르고 싶지 않아서였다. 어찌 되었든 아멜리의 고백 덕분에 내 머리가 다시 돌아가기 시작했다.

"아멜리, 솔직하게 말해 줘서 고마워."

"그래, 우린 네가 돈이 많든 적든 상관없어."

내 말에 시몬이 맞장구를 쳤다.

"그래, 맞아. 잠입한 비밀 비건 요원이든 아니든."

레자가 덧붙였다.

"얘들아, 우리 이 분 후면 버스에서 내려야 해. 2단계가 시작되는 거지."

"1단계가 뭐였는데?"

시몬이 물었다.

"학교에서 빠져나오는 거."

"대체 몇 단계까지 있는 거야?"

나는 갑자기 비밀 요원들에게 존경심이 생겨났다. 그들이 비건이든 아니든 상관없이.

ON AIR

호텔 잠입 작전

계획은 그리 복잡하지 않았다. 시몬과 내가 알레그라 호텔 뒷문에서 기다리는 동안, 아멜리가 호텔 정문으로 들어간 뒤 하워드 아저씨 사무실로 가서 관심을 딴 데로 돌릴 예정이었다. 그러고 나서 레자가 뒷문을 열어 주는 거다.

하지만 아무리 기다려도 레자가 나타나지 않았다.

"이거 봤어?"

시몬이 휴대폰을 들여다보다가 물었다.

"지금 아샤의 옷차림을 보면서 감탄할 기분이 아니거든?"

"아니, 이거 말이야!"

시몬이 내 코밑으로 휴대폰을 쑥 내밀었다.

새로운 앱 테스트에 많은 참여 부탁드려요 : 괴롭힘은 괴로워! 이 앱을 통해 괴롭히는 사람을 신고할 수 있어요. 원한다면 친구들에게 도움을 요청할 수도 있지요. 더 알아보려면 아래를 클릭하세요!

"괴롭힘은 괴로워?"

"다니엘라가 만든 거야!"

시몬은 다니엘라가 무척 자랑스럽다는 듯한 표정을 지었다.

"너, 알고 있었어?"

"다니엘라가 뭔가 작업하고 있다는 건 알았지."

"다니엘라 정말 대단하다."

나는 다니엘라가 이렇게 자신의 생각을 행동으로 옮길 수 있는 아이인지 전혀 몰랐다.

"만약 내가 앱 이름을 짓기 전에 미리 알았다면, 절대로 '괴롭힘은 괴로워'라고 짓게 하지 않았을 거야."

"그 이름은 정말 최악이긴 해. 지금 우리 상황도 그렇고."

나는 까치발을 한 채 뒷문만 바라보았다. 그 와중에도 내 머릿속 깊은 곳 어딘가는 다니엘라에 대한 감탄으로 가득 차 있었다.

"지금쯤이면 레자가 여기 왔어야 하는 거 아니야?"

시몬이 물었다. 바로 그때, 뒷문이 딸깍 열렸다.

"왜 이렇게 늦었어?"

나는 목소리를 낮추어 물었다.

"고작 오 분밖에 안 지났어. 내가 로비를 전력 질주라도 하길 바란 거야?"

레자가 말했다. 나는 숨을 깊이 들이마셨다.

"이제 보안 데스크로 빨리 가야 해. 하워드 아저씨가 저 카메라들을 보면 안 되거든. 우리가 들킬지도 모른다고."

레자가 배낭에서 농구공을 꺼내며 말했다.

"걱정하지 마. 내가 사람들 정신을 쏙 빼놓는 데는 남다른 재주가 있거든."

시몬과 나는 황동색 엘리베이터 안으로 걸음을 옮겼다. 엄마 핸드백에서 호텔 보안 카드를 몰래 꺼내 왔다. 그 바람에 엄마가 오늘 아침에 호텔에 출근하면서 곤란한 일을 겪었을지도 모르지만, 나중에 내 사정을 알고 나면 용서해 줄 거라고 믿었다. 보안 카드를 엘리베이터 패널에 댄 뒤 꼭대기층 버튼을 눌렀다.

엘리베이터에서 내리자마자 복도 끝에 있는 방으로 향했다. 거기가 호텔에서 가장 고급스러운 방이었다. 아샤는 분명 그곳에 있을 터였다. 그런데 걷다 말고 갑자기 벽에 부딪히고 말았다.

한 발짝 뒤로 물러서는 순간, 내가 부딪힌 게 벽이 아니라 하워드 아저씨의 넓은 가슴이란 걸 알게 되었다. 하워드 아저씨 옆에는 정장 차림의 남자가 서 있었다. 그 남자는 아주 짧게 깎은 머리에 한쪽 귀에만 이어폰을 꽂고 있었다. 마치 영화에서나 볼 법한 경호원처럼.

나는 얼른 모자를 꾹 눌러썼다.

"얘들아, 이 호텔에 머물고 있는 거니?"

남자가 물었다.

"948호요."

시몬이 불쑥 이렇게 말해 버렸다. 사실 948호 같은 건 없었다. 알레그라 호텔에는 층별로 방이 여덟 개밖에 없었고, 펜트하우스 층에도 오직 네 개뿐이었다.

"하워즈 아저씨, 저예요. 에밀리."

나는 모자 챙을 살짝 들어 올리며 최대한 반가운 목소리로 말했다. 그러자 아저씨가 미소를 활짝 지었다.

"그런데 여기서 뭐 하고 있는 거니, 우리 꼬맹이 땅콩?"

"땅콩?"

시몬이 중얼거렸다. 적어도 내 별명만큼은 비건이었다.

"엄마를 보려고 잠깐 들렀어요."

아저씨는 뭔가 의심스러운 표정을 지었다.

"이번 주에는 호텔 안에서 함부로 돌아다니면 안 돼. 특히, 이 층에는 등록된 손님 외에는 그 누구도 들어와선 안 되거든. 너도 알다시피, 너희 엄마는 이 층에서 일하지 않으시잖아."

"앗, 여기 4층 아닌가요?"

나는 눈을 일부러 크게 뜨며 물었다.

"14층이야, 우리 꼬맹이 땅콩."

"앗, 엘리베이터 버튼을 잘못 눌렀나 봐요!"

여기서 이마를 탁 치는 건 너무 과장된 행동이려나?

"어머, 잘못 찾아온 거야? 에밀리, 칠칠치 못하게 이게 뭐야?"

시몬이 짐짓 과장되게 투덜거렸다.

하워즈 아저씨가 의심스러운 눈초리로 우리를 잠시 바라보다가 이렇게 말했다.

"자, 이렇게 하자. 네 친구는 로비까지 안내해 줄게. 그리고 너희 엄마한테 무전을 보내서 네가 사무실로 곧 갈 거라고 이야기해 둘게."

하워드 아저씨는 우리를 엘리베이터 쪽으로 이끌었다. 그리고 문이 열리자마자 우리를 그 안으로 밀어 넣었다. 엘리베이터 문이 스르륵 닫힐 때, 지구를 살리려고 했던 우리의 희망도 스르륵 사라졌다. 시몬과 나는 숫자가 점점 아래로 내려가는 것을 말없이 지켜보았다.

엄마 사무실이 있는 4층에서 엘리베이터 문이 열렸다. 나는 시몬을 향해 최대한 천진난만하게 미소를 지으며 말했다.

"조금 있다가 로비에서 만나."

시몬이 경호원 뒤에서 천장을 가리키며 입 모양으로 말했다.

"다시 위로 올라가."

엘리베이터 문이 닫히고 아래로 내려가자마자 잽싸게 버튼을 눌렀다. 다른 쪽 엘리베이터가 바로 열렸다. 다행히 안에는 아무도 없었다.

다시 14층에 도착했다. 나는 엘리베이터 문 너머로 고개를 살짝 내밀고 복도를 꼼꼼히 살폈다. 다행히 하워드 아저씨가 보이지 않았다. 조용히 걸음을 옮겨 첫 번째 모퉁이를 돌았다. 역시나 아무도 없었다. 그리고 두 번째 모퉁이를 막 돌려는 순간, 어디선가 무전기 소리가 들렸다.

"네, 무슨 일이죠?"

하워드 아저씨가 바로 몇 발짝 앞에 있었다! 나는 숨을 죽인 채 천천히 뒤로 물러섰다.

"룸서비스요? 네, 알겠습니다."

나는 몸을 돌려 최대한 재빠르게 걸음을 옮겼다. 카펫이 푹신한 탓에 발소리가 들리지 않아 정말이지 다행이었다. 나는 뒤를 힐끗 살피면서 재빨리 달렸다.

이윽고 1404호가 저만치에서 보였다. 잠시 숨을 고르고 머리카락을 정돈했다. 그런 다음 노크를 하려고 손을 들었다가 그대로 멈췄다.

아샤 자밀이 문을 열면 뭐라고 말해야 할까? 아무 말도 못 하고 입만 벌린 채 서 있으면 큰일인데……. 잠깐, 문을 열어 준 사람이 아샤가 아니라면 어떻게 하지? 내 추론이 틀렸다면?

지금이라도 로비로 내려가 시몬과 아멜리에게 보안 요원한테 또 걸리고 말았다면서 포기하자고 말할 수도 있었다. 하지만 그렇게 된다면, 아샤는 내일 시더뷰 중학교에서 전교생과 이야기를 나눌 것이다. 겨우 몇 블록 떨어진 곳에서 기후 행진이 벌어지고 있는 동안에 말이다.

나는 용기를 내어 노크를 했다. 심장이 너무 빨리 뛰어서 금방이라도 몸 밖으로 튀어나올 것 같았다. 하지만 문을 연 사람은 아샤가 아니었다. 삐죽삐죽 튀어나온 황갈색 머리칼에 철제 안경을 쓴 CA에너지의 크리스 캠벨 이사였다.

캠벨 이사는 나를 쳐다보지도 않고서 말했다. 이 사람은 지금 여기서 뭘 하는 거지?

"미안하구나, 우리 이쁜이. 안타깝게도 자밀 씨는 오늘 사인을 해 줄 수가 없단다."

그때 아샤의 반려견 럼프킨이 혀를 내밀며 폴짝폴짝 뛰어왔다. 캠벨 이사는 럼프킨을 발로 밀어내고는 문을 닫으려 했다. 나는 얼른 문에 손을 얹었다.

"그러니까, 저는 그게 아니라……."

바로 그 순간, 캠벨 이사의 등 뒤에서 아샤가 나타나더니 두 팔로 럼프킨을 들어 안았다.

우아, 아샤 자밀이었다. 바로 그 아샤 자밀! 아샤는 정말 멋졌다. 그런데 동시에 평범했다. 분홍색 운동복 바지에 검은색 탱크톱을 입고 있었다. 머리는 축축하게 젖어 있었고, 어깨에는 수건이 걸쳐져 있었다.

"크리스, 너무 겁주지 말아요."

아샤가 말했다.

"시더뷰 중학교의 유튜브 채널 '시더뷰 톡톡'에서 인터뷰하러 왔어요."

나는 급하게 말을 쏟아 냈다. 다리가 너무 떨려서 문틀을 손으로 꽉 잡았다.

"그래? 그건 내일인 줄 알았는데."

"자밀 씨는 오늘 일정이 꽉 차 있어. 내 명함을 줄 테니, 일정을 다시 잡는 게 어떻겠니?"

캠벨 이사가 명함을 꺼내려 재킷 주머니 안으로 손을 넣었다. 아샤가 내 옆으로 고개를 쑥 내밀어 텅 빈 복도를 살피며 물었다.

"사진 찍는 건 아니지?"

"네, 사진은 찍지 않아요. 그냥 인터뷰만 하는 거예요."

아샤는 럼프킨을 조심스럽게 내려놓은 뒤, 욕실 바닥으로 수건을 휙 던졌다.

"크리스, 그냥 있게 해 줘요. 내가 화장하는 동안 인터뷰하면 되니까."

아샤는 어깨 너머로 내게 미소를 보내며 말을 이었다.

"메이크업 팁도 몇 가지 알려 줄게."

"우아, 그러면 정말 좋을 것 같아요!"

그 순간, 하도 기뻐서 목소리가 끼익 갈라져 나왔다.

"아샤."

캠벨 이사가 말했다. 오션이 제멋대로 굴 때 새아빠 입에서 나오는 목소리와 똑같은 톤으로……

"음, 크리스! 당신은 예정된 시각에서 한 시간이나 일찍 온 거 아닌가요?"

아샤가 말했다. 둘 사이에 약간의 긴장감이 느껴졌다. 나는 기회를 놓치지 않고 슬그머니 끼어들었다.

"로비에 제 친구들이 있어요. 녹음 장비를 갖고 있는데, 올라오라고 해도 될까요?"

"절대 안 돼."

캠벨 이사가 소리쳤다.

"크리스, 이제는 나를 보호하는 역할까지 맡았나요? 그것도 학생들한테서?"

아샤의 목소리는 무척 정중했지만, 날카롭고 차가운 무언가가 느껴졌다. 아샤는 몸을 돌려 내게 미소를 보냈다.

"너, 혹시 버블티 좋아하니?"

아샤는 내 대답을 기다리지도 않고서 휴대폰을 집어 들어 누군가에게 전화를 걸었다.

"네, 로비에 제 친구들이 기다리고 있어서요. 학생 팬들인데, 여기로 데려다줄 수 있는지……."

아샤는 잠시 말을 멈춘 다음, 나를 보며 물었다.

"몇 명?"

"셋이요."

그러고는 전화를 끊은 뒤, 완벽하게 다듬어진 눈썹 한쪽을 들어 올리며 말했다.

"크리스, 우리한테 필요한 게 뭔지 알아요? 바로 버블티예요."

"이 호텔에는 버블티가 없을 텐데요."

하지만 나는 버블티를 어디서 구할 수 있는지 정확히 알고 있었다.

"로비에 있는 오푸스 카페에서 새로 들여온 버블티 기계를 시험하고 있어요. 아직 메뉴에는 없지만⋯⋯."

"자, 들었죠, 크리스? 투덜거리지 말고 내려가서 망고 맛 하나랑⋯⋯."

아샤가 잠시 말을 멈추고 나를 바라보며 물었다.

"너랑 네 친구들은 뭘 좋아하니?"

"음, 타로 맛이요!"

아샤가 손뼉을 탁 쳤다. 마치 내가 완벽한 선택을 한 것처럼.

"크리스, 망고 맛 말고 타로 맛 버블티로 다섯 잔 부탁할게요. 타피오카 펄 넣은 걸로!"

흠, 버블티 다섯 잔을 만들려면 시간이 꽤나 오래 걸리겠군.

나는 고소한 마음을 누르며 최대한 덤덤하게 있으려 애썼다.

아샤는 캠벨 이사를 거의 밖으로 밀어내다시피 했다. 캠벨 이사 등 뒤로 문이 닫히자, 이 상황이 점차 현실로 느껴지기 시작했다. 나는 지금 놀랍게도 아샤 자밀과 단둘이 호텔 방에 있었다.

"그럼 이제 너희 학교 유튜브에 대해 이야기 좀 해 줄래? 그리고 미안한데 내가 화장을 좀 마무리해도 괜찮을까? 안 그러면 이따 행사에 늦을 것 같아서."

아샤가 화장대 앞 의자에 앉아 휴대용 거울을 들고 우아하게 마스카라를 바르기 시작했다. 나는 갑자기 머릿속이 하얘졌다. 나도 모르게 몸이 움츠러들었다. 그러자 아샤가 마스카라 브러시를 화장대에 내려놓고 나한테 다가와 손을 꼭 잡았다.

"자, 숨을 크게 들이마시고."

나는 아샤의 말을 순순히 따랐다.

"그거 아니? 나는 예전에 무대 공포증이 무척 심했어."

설마, 그럴 리가! 나는 고개를 저었다.

"그때 나는 말을 잘 못해서 누군가의 기분을 상하게 할까 봐 늘 걱정에 싸여 있었지. 하지만 마침내 깨달았어. 내 안의 두려움보다 내가 더 강하다는 사실을 말이야. 무대 공포증은 내가 원하는 것을 가지지 못하게 하니까. 그래서 두려움에 굴복하지 말고 차라리 이겨 내기로 결심했지. 무슨 말인지 알겠니?"

이상하게도 아샤의 말이 다 이해가 되었다.

"머릿속으로 네가 아는 가장 강한 사람을 떠올려 봐. 그런 다음에 그냥 그 사람이 되어 보는 거야."

나는 에밀리 포스트를 떠올렸다. 그 시대의 인플루언서이자 가장 독립적인 여성인 에밀리를. 에밀리 포스트는 제2차 세계 대전 중에 유대인 고아들을 미국으로 안전하게 데려오는 일을 도왔다. 그래서 1950년에는 미국에서 가장 영향력 있는 여성 중 한 명으로 선정되었다.

에밀리 포스트라면 결코 여기서 조용히 있지는 않았을 것이다. 아샤한테 모든 걸 이야기했을 테지.

"너는 그렇게 강한 사람이야. 절대 두려움에 굴복하지 마."

아샤가 말했다.

나는 인플루언서였다, 에밀리 포스트처럼. 숨을 한번 크게 들이마신 뒤, 아샤를 향해 고개를 끄덕였다. 과연 누가 알았을까. 내가 아샤의 호텔 방에서 이렇듯 격려를 받게 될 줄을.

"좋아, 그럼 이제 시작해 보자!"

"기후 변화에 대해 어떻게 생각하는지 궁금해요."

"오!"

아샤는 내 질문에 깜짝 놀란 듯이 보였다. 아마도 지금 눈썹에 바르고 있는 저 투명한 젤 같은 것에 관해 물어볼 줄 안 모양이었다.

"음, 나는 기후 행동을 전적으로 지지해. 우리 엄마 쪽 부모님이 방글라데시 출신인 거 알지? 그곳은 곧 물에 잠기고 말 거야. 우리는 이 지구를 되돌려 놔야 해, 하루라도 빨리."

좋아, 완벽해. 이제 다음 질문만 잘 넘기면 아샤가 나를 여기서 내쫓는 일은 없을 거야.

"코스트프레시와 CA에너지와의 후원 계약에 대해……."

"그 회사들에 대해 잘은 모르지만, 친환경 캠페인을 새로 시작한 것 같던데? 엄청나게 큰 풍력 발전소를 짓는다고 들었어."

"네, 맞아요. 하지만 친환경 캠페인은 그들 사업의 10퍼센트도 안 돼요. 여전히 석유 탐사에 많은 투자를 하고 있거든요."

"이런, 그것에 관해서는 크리스가 돌아오면 직접 물어보는 게 좋을 것 같아."

그때 문 두드리는 소리가 났다. 럼프킨이 반가워하며 컹컹 짖었다.

"문 좀 열어 줄래?"

내가 문을 열자, 시몬과 레자가 상기된 얼굴로 뛰어 들어왔다. 레자는 고급스러운 방을 보고 입을 떡 벌렸지만, 시몬은 오직 아샤만 바라보았다.

"내……, 내 사랑."

시몬은 더듬거리며 이렇게 말했다. 아샤는 아주 예의가 발랐다, 이 말을 못 들은 척해 줄 만큼.

아샤는 모두와 인사를 나누고는 화장품을 정리한 뒤 소파에 편히 앉았다. 그런 다음 나를 손짓으로 부르며 옆자리를 툭툭 쳤다. (우아, 내가 아샤 자밀 옆에 앉다니! 게다가 럼프킨은 내 발을 핥고 있었다.) 시몬과 레자는 바퀴 달린 의자를 가져와 나란히 앉았다.

"아멜리는?"

내가 속삭였지만, 시몬은 그저 고개만 저을 뿐이었다.

"인터뷰를 녹화해도 될까요?"

시몬이 휴대폰을 꺼내며 물었다.

"그럼 당연하지."

아샤가 머리카락을 손으로 쓸어 넘기며 대답했다.

시몬은 나를 보며 고개를 끄덕였다. 아샤한테 기후 행진에 관해 이야기할 수 있는 시간이 많지 않았다. 하워드 아저씨 같은 사람들이 언제 이곳에 들이닥칠지 몰라서였다.

"CA에너지에서 석유 탐사에 많은 투자를 하고 있다는 건 이미 얘기했어. 우리 학교에서 무슨 일이 벌어지고 있는지는 네가 설명해 줄래?"

나는 내 절친을 보며 고개를 끄덕였다.

시몬의 얼굴이 환하게 빛났다. 마치 뉴욕 패션 위크의 무제한 입장권을 내게서 받기라도 한 것처럼. 시몬은 아샤에게 기후 행진과 교장 선생님의 전략적인 일정 조정, 그리고 우리 학교와 CA 에너지 사이의 후원 협약에 관해 설명했다.

"저희는 아샤 님이 여기에 이용되지 않았으면 해요."

내가 말했다.

"이런, 세상에. 이건 정말……, 우아!"

아샤는 깜짝 놀란 듯이 보였다.

"저는 학교 수업을 빼지고 기후 행진에 참가해 연설을 할 거예요. 기후 행진 주최자를 알거든요."

"이건 그렇게 간단한 문제가 아니야. 내 말은, 크리스가……."

아샤가 목소리를 낮추어 말했다. 그때 복도에서 켐벨 이사와 하워드 아저씨 목소리가 들려왔다. 그리고 또…….

"교장 선생님이랑 켐벨 이사님은 학생들이 기후 행진에 참여하는 것 때문에 그 후원 협약이 어그러지는 걸 막고 싶어 해요. 하지만 아샤 님은 다르잖아요. 환경을 무척 소중히 여기지 않나요? 바로 저희처럼……."

나는 최대한 설득력 있게 말하려 애썼다.

그런데 그 순간, 문밖에서 엄마 목소리가 들렸다.

"정말이에요? 우리 에밀리가 여기 있다고요? 그 애가 이런 식으로 들이닥치다니, 믿을 수가 없네요."

나는 다급히 말했다.

"이 상황을 해결할 수 있는 사람은 오직 아샤 님뿐이에요."

곧이어 호텔 방문이 활짝 열렸다.

"보안에 문제가 생긴 것 같네요. 이 아이들은 여기 있으면 안되거든요."

캠벨 이사가 말했다.

나는 소파에 앉은 채로 아샤에게 집중했다.

"저 사람들이 아샤 님을 이용하고 있어요. 기후 행진을 막으려 하는 거예요."

"에밀리!"

엄마가 소리쳤다. 말투만 보아서는 아무것도 짐작할 수 없었다. 나를 평생 외출 금지하려는 건지, 아니면 그냥 내가 여기 있는 걸 보고 놀라서 그러는 건지.

나는 여전히 아샤를 바라보며 말했다.

"아샤 님은 정말이지 대단한 인플루언서예요. 그러니 사람들이 좋은 일을 하도록 이끌어야지요. 저희 교장 선생님께 잘 이야기해 준다면……."

"에밀리, 그만 나가자."

하워드 아저씨가 재촉했다. 그리고 내 팔을 잡으려는 순간, 럼프킨이 아저씨한테로 와락 달려들었다. 럼프킨은 아저씨의 정장 소매를 물고 늘어졌다.

"저 개, 맘에 쏙 든다니까."

시몬이 속삭였다.

하워드 아저씨가 럼프킨을 떼어 내느라 정신없는 틈을 타서 나는 한쪽으로 슬쩍 빠졌다.

"에밀리, 대체……."

엄마는 여전히 지금 이게 무슨 상황인지 알아내려 애쓰고 있었다.

"자, 모두 나가세요."

캠벨 이사가 말했다.

"잠깐만요!"

그때 아샤가 소리쳤다. 모두 그 자리에 얼어붙었다. 어쩌면 아샤는 시간을 멈추게 하는 능력이 있는지도 몰랐다.

"에밀리, 학교에서 일부러 내 일정을 내일 오후로 변경한 게 확실하니? 학생들을 기후 행진에 못 가게 하려고?"

아샤가 나를 보며 물었다.

"네, 확실해요."

캠벨 이사가 말했다.

"말도 안 돼. CA에너지는 청소년들이 주도하는 친환경 활동을 지지한다고!"

"캠벨 이사님이 우리 학교 학생들을 통제할 수 있는 한 말이죠."

내가 반박하자 엄마가 소리쳤다.

"에밀리!"

아샤는 고개를 끄덕이더니 이렇게 말했다.

"크리스! 우리, 이 문제에 대해 잠시 이야기 좀 나눌까요?"

캠벨 이사가 어쭙잖게 변명을 늘어놓았다.

"아샤, 이건 말도 안 되는 얘기예요."

바로 그때, 다니엘라가 엄마와 하워드 아저씨의 팔꿈치 사이를 비집고 안으로 들어왔다. 극도로 수줍음을 타는 슈퍼 히어로처럼 조용히.

"사실, 이게 더 말이 안 돼요."

'조용히'라는 말은 수정해야겠다. 다니엘라는 한 마디 한 마디 힘을 주어 크게 말했다. 캠벨 이사는 버블티가 놓인 쟁반을 얼른 화장대에 내려놓고는 다니엘라 쪽으로 몸을 돌렸다.

"이거, 아빠가 계획한 거 맞잖아요. 교장 선생님이랑 통화하는 거 다 들었어요."

다니엘라는 팔짱을 낀 채 당당히 서 있었다.

"아빠?"

시몬과 레자, 그리고 나는 거의 동시에 이 말을 내뱉었다. 헉, 방금 다니엘라가 캠벨 이사를 아빠라고 부른 거야?

어른 넷이 눈을 동그랗게 뜨고 다니엘라를 쳐다보았다. 아, 물론 우리 셋도. 하지만 다니엘라는 전혀 주눅 들지 않았다. 카펫 위에 단단히 서서 캠벨 이사를 노려보고 있었다.

"아빠, 저는 이번 주에 많은 걸 배웠어요. 특히 옳은 것을 지키기 위해서는 어떻게 싸워야 하는지 말이죠. 이제 아빠 차례예요. 아빠랑 교장 선생님이 계획한 건 잘못된 일이에요."

"나는 그냥 내 일을……."

"아빠는 지금 일을 좋아하시지 않잖아요. 예전에 다니던 광고 회사에서의 일을 더 좋아하셨지요."

캠벨 이사는 하루 지난 버블티의 타피오카 펄처럼, 우리 앞에서 쪼글쪼글 쪼그라들었다.

"자, 이로써 나도 내일 기후 행진에 참여하게 될 것 같군요."

아샤가 밝은 목소리로 말했다.

그 후로 우리의 작은 반란은 꽤 잘 풀려 나갔다. 아샤는 매니저를 불러 이후의 행사 일정에 관해 논의했고, 하워드 아저씨는 다시 복도로 돌아갔다. 엄마는 우리를 아래층으로 이끌며 이렇게 말했다.

"자밀 씨를 방해하지 말고 어서 내려가자."

하지만 아샤는 우리한테 아직 호텔을 떠나지 말라고 했다.

"이야기를 좀 더 나누고 싶어."

한 시간 후, 우리는 오푸스 카페에 앉아서 아샤 자밀과 기후 행진 주최자인 마이아 언니가 만나 이야기하는 모습을 지켜보았다. 아샤는 기후 행진 참석과 관련해 여러 가지 일을 상의하고 있었다.

그때 마이아 언니가 소리쳤다.

"저도요! 저한테도 '우리 이쁜이'라고 불렀다니까요? 그 취재 현장에서 말이에요. 사람을 깔보는 것도 유분수지!"

나는 아멜리를 향해 몸을 돌렸다.

"나는 아직도 믿기지 않아. 아샤랑 인터뷰할 기회를 포기하고 이런 만남을 주선하다니."

아멜리는 우리가 아샤를 만나는 동안 마이아 언니한테 전화를 걸었다고 했다. 시몬이 아멜리한테 마이아 언니의 휴대폰 번호를 미리 알려 주었다나. 아멜리는 마이아 언니한테 전화를 걸어 기후 비상 상태라고 말한 뒤, 지금까지 로비에 남아 기다리고 있었다. 레자, 시몬, 아멜리, 그리고 나는 바로 옆 테이블에 앉아서 둘이 대화하는 걸 지켜보았다.

"우리가 드디어 아샤 자밀을 만났어. 지금 이렇게 같은 공간에 앉아 있다고."

시몬이 작게 속삭였다.

다니엘라는 아빠와 함께 집에 갔다. 아무래도 아빠한테 자신의 잘못에 대해 다시 한번 생각해 보라고 설득하려는 것 같았다.

엄마는 이 모든 이야기를 들은 후, 호텔에 잠시 머무는 것을 허락해 주었다. 그리고 지금 사무실에서 나를 기다리고 있었다.

"아까는 정말 잘했어."

내가 레자에게 말했다. 이 말로 레자의 자만심이 하늘을 찌를지도 모르지만 잘한 건 사실이니까.

"이게 다 팀워크 덕분이지."

레자가 말했다.

"그래, 맞아. 그리고 너도."

나는 아멜리를 보면서 미소 지었다. 그러자 아멜리가 어깨를 으쓱해 보였다.

"CA에너지가 아무런 처벌을 받지 않고 이대로 넘어가도록 지켜보고만 있을 수는 없었어. 그리고 나는 마이아 언니한테만 전화한 게 아니야. 또……."

아멜리가 말을 끝내기도 전에, 머리를 길게 땋은 여자가 카페로 막 들어왔다. 아멜리는 자리에서 벌떡 일어나 그 여자를 맞이했다.

"어, 잠깐만, 이분은……."

"〈웨스트 사이트 커뮤니티 뉴스〉의 이터니티 윌리엄스 기자셔."

아멜리가 말했다.

"오션 기사를 쓰신 분이군요!"

"아멜리는 거의 모든 신문사에 전화를 돌렸어."

시몬이 자랑스러운 목소리로 말했다.

아멜리는 이터니티 기자를 아샤가 있는 테이블로 안내했다. 그들 셋은 곧 진지한 대화에 빠져들었고, '기업 후원'이니 '청소년 주도 기후 행동'이니 하는 단어들이 언뜻언뜻 들렸다.

내가 저 테이블이 아니라 그 옆에 앉아 있다는 사실이 그다지 신경 쓰이지 않았다. 나를 빼놓고 마이아 언니와 아샤, 그리고 이터니티 기자가 모여 기후 행진을 잘 성사하기 위해 그들의 영향력을 행사하고 있다는 사실도 아무렇지 않았다. 그냥 나는 지금 이 순간 버블티를 홀짝이고 있어서 정말로, 정말로 행복했다.

시몬은 평소처럼 나한테 무언가를 이야기하고 있었다. 아멜리는 채드윅 선생님이 나를 복귀시키지 않으면 모두가 '시더뷰 톡톡'을 그만둬야 한다고 주장했다. 그리고 테이블 아래에서는 레자의 발이 내 발에 닿아 있었다. 우연일 수도 있고 일부러일 수도 있지만, 어느 쪽이든 기분이 나쁘지 않았다. 아, 내가 이런 생각을 하다니, 정말이지 믿기지 않았다.

이십 분 후, 인터뷰가 마무리되었다. 때맞춰 내려온 엄마가 카페 문을 열고 머리를 쏙 내밀며 물었다.

"차 타고 집에 갈 사람?"

우리는 한 명 한 명 아샤와 인사를 나누었고, 아샤는 우리의 볼에 일일이 입을 맞춰 주었다. 레자와 아멜리는 버스를 타고 집에 가기로 했다. 시몬과 마이아 언니는 나와 함께 엄마 차를 타고 집으로 향했다.

"진짜 대단했어!"

차 문이 닫히자마자 마이아 언니가 흥분해서 소리쳤다.

"아샤 자밀을 만나다니, 믿을 수가 없어! 너희 둘, 정말로 고마워. 너흰 참 멋진 애들이야. 내년에 고등학생이 되면 꼭 우리 동아리에 들어왔으면 좋겠다. 우리한텐 너희 같은 애들이 진짜 필요하거든."

이렇게 해서 '시더뷰 톡톡'은 나한테 조금 덜 중요한 일이 되었다. 나는 내년에 좀 더 중요한 이야깃거리를 다루는 기자가 될 거니까.

"너희, 기후 행진에 올 거지? 그러면 자원봉사 좀 할 수 있니?"

"네, 꼭 갈 거예요."

나는 마이아 언니에게 약속했다.

마이아 언니가 차에서 내릴 때만 해도, 나는 영향력을 행사했다는 기쁨 때문에 마치 구름 위를 둥둥 떠다니는 듯한 기분이었다. 하지만 언니 뒤로 차 문이 닫히는 순간, 그 기분은 바사삭 깨지고 말았다.

엄마가 백미러로 시몬과 나를 바라보며 말했다.

"너희 둘, 엄마한테 이 상황을 설명 좀 해 줘야겠구나."

다행히도 시몬과 나는 설명을 아주 잘했다. 그건 우리가 가진 멋진 재능 중 하나였다.

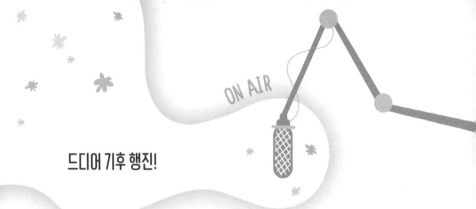

드디어 기후 행진!

    기후 행진이 공식적으로 시작되려면 아직 두 시간이나 남았지만, 시청 앞 광장은 이미 사람들로 가득 차 있었다. 거대한 고래 풍선을 들고 있거나 하늘을 향해 묘목을 높이 들고 있는 등 다양한 사람들이 모여 있었다. 그리고 그 사람들 사이로 수백 개의 팻말이 보였다.

빙하가 우리의 미래도 녹인다!

세상은 이미 내 남자 친구보다 뜨겁다!

지금 여기, 당신이 바로 기후 활동가!

    나도 내 팻말을 높이 들었다. 에밀리 포스트 그림 밑으로, 시몬이 쓴 '우리가 사는 지구, 우리가 지키자!'가 크고 멋지게 쓰여 있었다. 시몬은 사람들이 에밀리 포스트를 알아보지 못할 거라고 했지만, 그런 건 아무래도 상관없었다. 에밀리는 내가 여기까지 올 수 있도록 도와준 사람이니까.

"시몬, 괜찮아?"

시몬은 아까부터 내 팔을 꽉 붙잡고 있었다. 경찰이 교차로를 막기 시작했고, 한쪽 구석에선 사이렌이 울리고 있었다.

"응, 괜찮아. 아주 좋아!"

시몬이 고개를 끄덕이며 대답했다.

우리는 사람들 사이를 요리조리 피해 광장을 가로질렀다. 무대 옆에 있는 거대한 노란색 텐트로 들어가자 한 손에는 확성기를, 다른 손에는 클립보드를 들고 있는 마이아 언니가 보였다.

아멜리가 우리를 향해 손을 흔들었다.

"딱 맞춰서 왔구나! 완벽해!"

마이아 언니가 소리쳤다. 내가 팻말을 텐트 옆에 세워 두는 동안, 마이아 언니는 우리한테 자원봉사자 배지를 건네주며 주의 사항을 마구 쏟아 냈다.

텐트에는 출입증을 가진 사람들만 들어올 수 있었고, 기자들에게 나눠 줄 보도 자료와 기자들이 휴대폰을 충전해야 할 경우를 대비해 여분의 보조 배터리가 준비되어 있었다. 응급 처치 텐트도 바로 옆에 있었다.

"그럼 나는 음향 시스템을 점검하러 간다!"

마이아 언니가 소리치며 무대 쪽으로 달려갔다. 언니가 떠나고 얼마 안 있어 엄마와 새아빠, 그리고 오션이 도착해 잠깐 얼굴을 비쳤다. 새아빠는 오션을 어깨에 태우고 있었는데, 오션은 거대한 지구 모양의 풍선을 들고 있었다.

처음 삼십 분 동안은 텐트 안이 비교적 여유로웠다. 하지만 그 뒤로 기자들이 몰려와 카메라를 연결하고 마이크를 준비하느라 정신이 없었다. 텐트 밖으로 나가자, 이터니티 윌리엄스 기자와 촬영 팀 한 무리를 끌고 다니는 우리 지역 방송의 뉴스 앵커가 보였다.

카메라가 꺼져 있을 때는 앵커도 평범한 사람처럼 보였다. 하지만 카메라가 켜지자 어깨를 쫙 펴고 턱을 당기며 곧장 미소를 지어 보였다.

"기후 행진이 곧 시작될 시청 앞 광장에 나와 있습니다. 주최 측은 수백 명의 청소년들이 모일 것으로 예상하고 있습니다."

잠시 후 정확히 오전 10시가 되자, 마이크를 통해 삐익, 하는 날카로운 소리와 함께 마이아 언니의 목소리가 울려 퍼졌다. 마이아 언니가 감사의 인사를 전하자, 사람들은 환호와 함성 그 사이 어딘가의 반응으로 저마다 호응해 주었다.

"사람들이 얼마나 모인 것 같아?"

한 자원봉사자가 나한테 물었다. 그러자 우리 앞에 서 있던, 티셔츠에 '반항하는 할머니'라고 적은 백발의 여성이 뒤를 돌아보았다.

"적어도 천 명은 넘을 거라고 하던데?"

마이아 언니는 CA에너지의 천연가스 프로젝트가 공개적인 의견 수렴 없이, 그리고 원주민 단체의 참여 없이 승인되었다고 폭로했다. 그러면서 정부를 상대로 법정 싸움을 벌이는 여러 단체가 있는데, '기후 활동가'도 그중 하나라고 알려 주었다.

무대 위에서 원주민 남자가 마이크를 잡았다. 남자는 천연가스 프로젝트가 진행되고 있는 그 땅은 정부의 소유가 아니라고 주장했다. 따라서 지역 의회가 기업과 합작해 그 땅에 뭔가를 건설할 권한이 없을 뿐 아니라 사업 인허가권도 가질 수 없다고 소리쳤다. 한마디 한마디가 끝날 때마다 커다란 함성과 환호가 터져 나왔다.

그때 기후 활동가 중 한 명이 마이크를 잡고 구호를 외치기 시작했다.

"헤이, 헤이! 호, 호! 기후 변화, 더는 안 돼!"

세련된 구호는 아니었지만, 사람들은 그 구호를 크게 따라 불렀다. 소리가 어찌나 큰지, 시청 건물의 벽이 진동하는 것처럼 느껴질 정도였다.

기후 활동가가 외쳤다.

"자, 이제 행진합시다!"

다른 자원봉사자들이 미디어 텐트를 지키는 동안, 아멜리와 나는 팻말을 챙겨 들고 사람들을 따라 시내 거리를 행진했다. 행진하는 내내, 북과 확성기를 든 사람들이 구호를 외치거나 북을 치며 사람들을 이끌었다.

나는 휴대폰을 높이 들고 행진하는 사람들을 찍었다. 학교에 돌아가면 마커스한테 보여 줄 생각이었다.

> ♥ ◉ ✈
>
> 지금 당장, 기후 행동!

나는 그 사진을 내 인스타그램 계정에도 올렸다. 사실 이번 달은 SNS 금지 기간이지만, 엄마가 오늘 하루만 예외로 허락해 주었다.

다음 주부터는 더 많이 올리게 될 것이다. '기후 활동가' 동아리의 신입 회원이 되었기 때문이다! 고등학교 동아리지만, 어떻게 어떻게 해서 일찍 들어갈 수 있게 되었다.

나는 이제 여기에 많은 시간을 할애할 예정이었다. 그래서 아멜리한테 내 프로듀서 자리를 넘겨주었다. 영향력 있는 새로운 자리에서 내 책임을 다하기 위해서.

어젯밤에 에밀리 포스트의 훌륭한 조언을 찾았다. 에밀리는 상처받았을 때, 그 상처를 치유하기 위해 너무 집착하지 말라고 했다. 그냥 툭툭 털고 일어나서 용감해지라고, 차라리 다음 도전을 대비하는 편이 낫다는 것이다.

"길을 걸으면서 휴대폰 하지 마. 그러다 넘어진다."

시몬이 팔꿈치로 나를 쿡 찌르며 말했다.

"하지만 이것 좀 봐!"

벌써 열두 명이 내 게시물에 '좋아요'를 눌렀다. 지구를 구하기 위해 한 걸음 한 걸음 내디딜 때마다, 내 영향력은 점점 더 커지고 있었다.

아자! 비건 파티

나는 템페 모바일에서 재료 상자를 하나씩 나르고 있는 아멜리와 시몬의 모습을 사진으로 찍었다.

> ♥💬✈
> 오늘의 행사 : 시더뷰에서 처음으로 열리는 비건 축제! #채식기반생활

그 사진을 먼저 '기후 활동가' 계정에 올린 뒤, 내 계정으로 들어가 '좋아요'를 눌렀다. 나는 이제 팔로워가 육십칠 명이나 되었다!

"도울 거야, 아니면 구경만 할 거야?"

시몬이 소리쳤다. 나는 휴대폰을 서둘러 주머니에 넣고 시몬이 들고 있는 상자의 한쪽 끝을 잡았다.

식당에 들어가자 영양사 선생님이 우리를 보며 말했다.

"애들아, 저쪽 끝 조리대에 올려놔."

식당 조리사들은 이미 아멜리 엄마의 주의 깊은 감독 아래 템페 패티를 튀기고 있었다. 좁고 긴 치마와 흰색 셰프 재킷을 입은 아멜리 엄마는 내가 상상했던 이미지와 너무나 달랐다. 그러니까 중고 쇼핑을 즐기는 비건이라 했을 때 떠오르는 그 어떤 이미지 말이다.

그때 롭 선생님이 사다리에 올라 배식대 위에 걸려 있는 코스트프레시 현수막을 내렸다.

"코스트프레시는 완전히 떠난 건가요?"

시몬이 영양사 선생님에게 물었다.

"아니, 기업 광고에 대한 새로운 교칙 때문에 현수막을 내리는 거야. 학교 운영 위원회에서는 지금 전체 후원 상황을 검토하고 있어."

영양사 선생님이 대답했다.

"그래도 코스트프레시의 치즈 버거는 계속 급식 메뉴에 있는 거죠?"

시몬이 사정하듯이 물었다. 그러자 걱정스러울 정도로 뺨이 벌겋게 달아오른 영양사 선생님이 말했다.

"지금 우리는 새로운 비건 메뉴가 생긴 걸 축하하러 모인 거야! 분위기 좀 맞춰 줘."

나는 시몬을 슬쩍 끌어당기며 말했다.

"야, 너 왜 그래? 비건 동아리에 진심인 줄 알았는데!"

"당연히, 진심이지! 그런데 '고기 없는 월요일'이란 캠페인이 있다는 거 알지? 나는 '치즈 버거가 있는 월요일'을 만들어 볼까 생각해 본 거지."

"비건 생활을 요일별로 하는 건 좀 아니지 않아?"

"화장실에서 돼지고기 카레를 먹었던 사람이 할 말은 아니지."

시몬은 눈동자를 굴리며 이렇게 말했지만, 나를 보며 활짝 미소를 지었다. 내가 그 기억으로 몸서리를 치기도 전에 누군가 내 어깨를 툭 건드렸다.

"어머! 여기는 어쩐 일이세요?"

새아빠였다.

"영양사 선생님이 이메일을 보내셨어. 오늘 점심시간이 끝난 뒤, 아멜리 엄마가 비건에 관심 있는 학부모들을 대상으로 요리 강습을 진행하신다고 말이야. 그래서 비건 요리가 뭔지 알아보려고 왔지."

새아빠가 비건 요리를 배운다면 더는 돼지고기 카레 때문에 화장실로 달아나는 응급 상황은 없을 것이다. 이것저것 따져 볼 새도 없이 나는 두 팔로 새아빠를 꼭 안았다.

"우아, 이건 무슨 뜻이지?"

"비건 점심, 고맙다고요. 기후 행진에 와 주신 것도 고마웠고. 또 음……, 그냥 여기 계셔서 참 좋아요."

순간, 새아빠의 뺨이 빨갛게 물들었다.

"나머지 재료 상자도 얼른 가져오도록 해!"

영양사 선생님이 소리쳤다. 시몬과 나는 트럭을 향해 뛰어갔다. 새아빠도 도와주러 뒤따라왔다.

우리는 생분해성 냅킨과 비건 양념, 콩으로 만든 치즈, 상추, 그리고 빵으로 가득 찬 배식대를 차렸다. 재사용이 가능한 물컵도 준비했다. 코스트프레시 로고는 그 어디서도 보이지 않았다.

아멜리, 시몬, 다니엘라, 그리고 나는 배식대 뒤에 모여 주변을 깔끔하게 정리했다. 레자와 마커스가 식당 문을 활짝 열자, 사람들이 몰려들어 줄을 서기 시작했다.

"얘들아, 정말 멋졌어. 자신의 신념을 지키는 건 아주 대단한 일이지."

플로레스 선생님이 환하게 웃으며 말했다. 그러자 뒤에 서 있던 채드윅 선생님이 중얼거렸다.

"나는 그저 일의 우선순위를 조정하려 했던 것뿐인데."

"물론 그러셨겠죠."

플로레스 선생님은 이렇게 대꾸했지만, 전혀 동의하는 것처럼 들리지 않았다.

"아멜리, 교장 선생님께 템페 버거 하나 가져다 드려 봐. 어쩌면 비건으로 바뀌실지도 몰라."

내 말에 아멜리가 황급히 자리를 떴다.

"진짜로 바뀌실 것 같아?"

시몬이 물었다. 대답할 새도 없이, 누군가가 테이블 위에 케첩을 흘렸다. 나는 재빨리 그것을 닦아 낸 다음, 그 학생에게 깨끗

한 병을 건넸다.

"냄새가 나쁘지 않네."

그때 어느 남학생이 말했다.

"그래도 치즈 버거가 아니잖아."

옆에 있던 친구가 중얼거렸다. 그러자 시몬이 명랑하게 대꾸했다.

"다음 주를 기대해. '고기가 있는 월요일'을 할 거거든."

"그런 건 없어."

다니엘라가 중얼거렸다.

"뭐, 아직은 아니지. 하지만 SNS의 힘을 무시하지 말라고."

나는 휴대폰을 꺼냈다. 아니나 다를까, 시몬이 인스타그램에 게시물을 하나 올려 놓았다.

❤ 💬 ✈

정말이지 환상적으로 맛있어 보이는 템페 버거들! 그 덕분에 기분 좋게 #고기가있는월요일을 기다리고 있어요. 치즈 버거를 먹기 위해서 말이죠.

나는 웃음을 참을 수가 없었다. 그리고 어떤 종류의 버거든 지금은 다 맛있을 것 같았다.

"이 배식대를 언제까지 지키고 있어야 하지? 우리도 템페 버거를 먹어 봐야 하잖아. 그렇지 않아?"

때마침 아멜리 엄마가 쟁반을 들고 나타났다. 우리는 각자 템페 버거를 하나씩 들고 테이블로 가서 먹기 시작했다.

"음, 나쁘지 않은데?"

내가 말하자 아멜리 얼굴이 환하게 빛났다. 그때 레자가 한 손으로는 쟁반을 아슬아슬하게 들고, 다른 손으로는 휴대폰을 만지작거리며 나타났다. 그러더니 내 옆으로 미끄러지듯 앉았다.

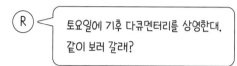

레자한테서 온 문자 메시지였다. 레자는 지금 아주 태연하게 버거에서 피클을 빼내고 있었다.

어, 뭐라고? 지금 무슨 일이 일어난 거지? 내가 방금 레자한테 같이 간다고 답한 거야?

나는 레자를 보지 않으려고 고개를 딴 데로 돌렸다. 그러자 자연스럽게 교장 선생님한테로 시선이 쏠렸다. 교장 선생님은 다른 선생님들과 함께 앉아 있었다. 버거는 거의 다 먹은 상태였다.

그 순간, 교장 선생님이 고개를 들었다. 나를 보며 아주 미세하게 고개를 끄덕인 것도 같았다. 나는 템페 버거를 한 입 더 베어 물었다. 치즈 버거 같은 맛은 나지 않았지만, 승리의 맛이 약간 느껴졌다.

기후 행동을 위한 청소년들의 행진

주최 측은 금요일에 있었던 기후 행진에 거의 천 명쯤 되는 사람들이 모였다고 추산하고 있습니다. 그리고 이들 대부분은 기후 변화에 대한 즉각적인 행동이 필요해서 참여한 사람들이었습니다. 일부는 깜짝 초청 연사가 온다는 소식을 듣고 참여하게 되었는데, 그 깜짝 초청 연사는 바로 TV 스타 아샤 자밀이었습니다.

나는 기후 행진을 시작하기 전에 자밀뿐만 아니라, 자밀의 새 친구들인 우리 지역 청소년 활동가들을 만나 이야기를 나누었습니다. 자밀은 "환경을 보호하고 청소년들에게 동기를 부여할 수 있는 이런 기회를 갖게 되어 무척 기쁘다."고 말했습니다. 그리고 자밀의 노력은 지금 효과를 제대로 발휘하고 있는 것 같습니다.

중학교 3학년인 에밀리 로렌스의 이야기를 들어 보겠습니다.

"저희는 꽤 오랫동안 아샤 자밀의 열렬한 팬이었어요. 그러면서 기후 행동에 대한 아샤의 지속적인 관심과 활동에 큰 감명을 받았지요."

시더뷰 중학교 학교 운영 위원회 내부의 소식통에 의하면, 자밀은 원래 CA에너지와 코스트프레시가 후원하는 어느 특별 행사의 일환으로 시더뷰 중학교에서 강연을 할 예정이었습니다. 하지만 학생들과 교사들, 그리고 고등학교 동아리 '기후 활동가' 같은 단체들이 학교 내 일상까지 파고들어 와 점점 더 통제력을 강화하고 있는 기업 후원사들에 경고를 하기 시작했습니다. 이에 대해 학교 운영 위원회는 관련 지침을 재검토하겠다고 약속한 상태입니다.

'기후 활동가' 동아리 회장 마이아 파슨스는 아샤 자밀이 기후 행진에 참여하게 되자, 무척 기뻐하며 이렇게 말했습니다.

"유명인들의 참여는 그 자체로 무척 의미가 깊어요. 하지만 기후 비상사태를 해결하려면 우리 모두가 함께 행동해야 해요."

이런 학생들이 앞장서고 있으니, 세상이 올바른 방향으로 나아가고 있는 게 확실하다고 장담합니다.

_이터니티 윌리엄스 기자

그린플루언서

첫판 1쇄 펴낸날 2025년 6월 12일

지은이 타니아 로이드 치   **옮긴이** 이계순
펴낸이 박창희
편집 박은아   **디자인** 배한재
마케팅 박진호 한혜원   **회계** 양여진 김주연

펴낸곳 (주)라임
출판등록 2013년 8월 8일 제2013-000091호
주소 경기도 파주시 심학산로 10, 우편번호 10881
전화 031) 955-9020(주문), 031) 955-9023(마케팅)
      031) 955-9021(편집)
팩스 031) 955-9022
이메일 lime@limebook.co.kr   **인스타그램** @lime_pub
홈페이지 www.prunsoop.co.kr

ⓒ 라임, 2025
ISBN 979-11-94028-48-2 44840
      979-11-951893-0-4 (세트)